# 你的模样

程学源 著

南方日报出版社
NANFANG DAILY PRESS

中国·广州

图书在版编目（CIP）数据

你的模样 / 程学源著. — 广州 : 南方日报出版社, 2015.11
ISBN 978-7-5491-1322-4

Ⅰ. ①你… Ⅱ. ①程… Ⅲ. ①诗集－中国－当代Ⅳ. ①I227

中国版本图书馆 CIP 数据核字(2015)第 247141 号

NI DE MUYANG
你的模样

著　　者：程学源
出版发行：南方日报出版社
地　　址：广州市广州大道中 289 号
经　　销：全国新华书店
印　　刷：广东信源彩色印务有限公司
开　　本：787 mm×1092 mm　1/32
印　　张：7.375
字　　数：95 千字
版　　次：2015 年 11 月第 1 版
印　　次：2015 年 11 月第 1 次印刷
定　　价：36.00 元

投稿热线：（020）83000503　读者热线：（020）83000502
网址：http://www.nfdailypress.com/

# 序/与『你』相逢

◎谭庭浩



**人通过“你”而成为“我”。**

——马丁·布伯：《我与你》

学源和我，是大学同学。

1986年2月，大二那个寒假，我写了一篇文章，评论学源的诗，题目是《热烈—沉思—……——程学源的诗绘下的轨迹》，开头便说：

在我们相识的第二天，也是在他进中大后的第二天，程学源给我看了他刚写的一首诗：《我在思索……》。当“行李、校车和我，协调地一同结合；笔杆，通知书，户口册，都在我手里拿着……，带着亲朋师友的厚望，拥着那一团正燃烧的青春之火，伴着美好的理想，我从海珠桥那边乘车向南走过……”的时候，程学源在思索：“为什么公共汽车还这么拥挤？为什么旧时代的老黄牛还在拼命劳作？为什么简陋的工具还在使用？为什么有的机构还是那样臃肿？”

《我在思索……》让我看到了作者一股热情和激情。仿佛要为“文如其人”这个词提供注脚似的，程学源很快就以他的热情、他的诗人气质给中文系84级——特别是其中的乙班的同学留下较深的印象。

最记得刚入大学，在一次晚会上，学源和一位从北京来的漂亮女生，合作朗诵纪宇的《风流歌》。“风流哟，风流，什么是风流？……风流哟，风流，谁不爱风流？……”学源这几句激情澎湃、带点儿客家口音的朗诵，十分投入，很有个人风格，特别富于感染力，是诗人用诗的方式进行的诗朗诵，第一次亮相就给同学们留下深刻印象。这个诗朗诵，后来差不多成为我们的保留节目。“朗诵《风流歌》的程学源”和“诗人程学源”，是大部分同学心目中，关于学源的两个显著标签。学源很快成了康乐园活跃的诗人。

如今回过头去看，学源的这段“经典”朗诵，我倒觉得像一段历史音频，忠实记录了我们的大学时代——以至整个80年代：理想，激情，诗意，浪漫。

80年代的时代基调和文化氛围，给在此间成长的我们这代人，打上了深深的精神烙印。作为诗人的学源，他的诗，他的诗的运思方式，以及意象、语言和风格，尤其是激情与浪漫，都是非常80年代的。这种诗的方式，还刻骨铭心，一直奔涌在他的血液里，牢牢植入他生命的底部，成了他打量世界的眼光、表达人生的话语、升华情感的触媒、优化生活的良方，成了他呼吸吐纳的气息、举手投足的风度……他的生命，起码相当大一部分，是诗的。

大学毕业之后，学源步入仕途，偶有波折，还算顺遂。二十多年来，公务之余，他作诗不辍，与诗须臾未离。他出版了四本个人诗集：《飘洒的心雨》（1993）、《心灵风景线》（1997）、《让我就这样看你》（2003）和《新晴》（2010）；与人合作的庆祝香港回归的万行长诗《百年期待》，还获得广东鲁迅文艺奖和新人新作奖。这一次，学源又集结近年诗作，推出这本《你的模样》。

80年代在大学读中文系，那种年龄，那个时代，那样的文学氛围，拿起笔来写写诗，实在再自然不过。毕了业走进社会，在俗世里混，在江湖上漂，激情不再，理想打折，诗情日减，甚至金盆洗手不写诗了，其实也很自然。

然而，学源并没有陷入此一自然的俗套。他

凭什么？

学源1993年出版了第一本诗集《飘洒的心雨》之后，我写过篇评论，名为《在城市诗意地栖居》。学源在深圳这样快速崛起的城市坚持写诗，似乎是“反差”蛮大的一件事。我由此注意到诗与城市的关系：

在城市，这个物质、技术、欲望、拼搏、消费、时尚和卡拉OK等字眼交响而成的喧嚣之地，还有诗么？更要命的是，城市人还需要诗么？

城市似乎真的不是诗的沃土。高速度快节奏的城市生活，把人裹挟着，甩进那个转动不息的欲望的漩涡；物质主义、技术至上和世俗旨趣，导致了个体感性生命的物化、技术化、世俗化和划一化，个性、激情、想象力和浪漫情怀逐渐枯萎，诗充分发育所必需的自由氤氲之气日益稀薄，诗之生长顿时变得大不易矣。城市人又执着于对外物的营营追逐，而忽视了对内心的孜孜探求，离诗也仿佛越来越远了。

果真如此吗？

我试图探究学源这那本诗集里的一个重要角色——回忆：“回忆是程学源的诗思得以纵横捭

阖的无垠空间，是他的诗的基本视角和基本情感方式。……回忆不是对往事的记忆，而更多的是一种想象，一种向往，一个可望不可即的境界，一位在水一方的‘伊人’，或者说，是一处迷人的彼岸。”

好玩的是，那时我已经留意到：“程学源的诗经常出现‘你’的指称。这个‘你’，便是上述回忆内涵的对象化与人格化。这个‘你’与‘我’相对，与此岸相对，与俗世相对，本身就是诗。这样的回忆，确如马尔库塞所言，是‘把被歪曲的人性和自然中所能找到的片断残迹加以收集汇总的一种综合’（《自然与革命》）；亦如刘小枫所说，‘青春的想象强化了欢乐与忧愁，把现实社会中受到压抑的东西升华为迷人的彼岸’（《诗化哲学》）。”

在这本新诗集的编辑出版过程中，书名多有反复，但最后，学源念兹在兹，还是坚定地选择了《你的模样》。（学源第三本诗集《让我就这样看你》，书名也有个“你”。）直到此刻，联系二十年前“你”的发现，我终于明白，这一个“你”，是学源诗心深处的“情结”啊。（情结，complex，潘光旦先生译作“疙瘩”，也许更加准确传神吧？呵呵。）学源写诗不断，不就是因为有着这一个“你”的“疙瘩”，时时撩拨着他诱惑着他点燃着他，令他迫不及待乐此不疲地与“你”相逢吗？——“金风玉露一相逢，便胜却人间无数”！

写到这里，想起德国宗教哲学家马丁·布伯那本著名的《我与你》。找出翻阅，有句话令我眼前一亮：“人通过‘你’而成为‘我’。”引用在此也许未必完全恰切，但既然联想到了，便可能有助于自己以更开阔的视野，领悟学源这个“我”与他那个“你”之间丰富微妙的关系。

在评论学源第一本诗集的那篇文章里，我最后总结道：“凭借回忆，程学源的诗制造了一个超越现实的崭新的审美现实。诗人在现实中为生存而奔波、漂泊的疲惫的灵魂，由此得到抚慰、滋润，一洗红尘，返回本真，洞见存在的意义。这不就是诗人的内在需要么？这不就是诗的真谛么？狄尔泰说得好：‘……诗把心灵从现实的重负下解放出来，激发起心灵对自身价值的认识。……诗扩大了对人的解放效果，以及人的生活体验的视界，因为它满足了人的内在渴求：当命运以及他自己的抉择仍然把它束缚在既定的生活秩序上时，他的想象则使他去过他永不能实现的生活，诗开启了一个更高更强大的世界，展出新的远景。’（《生存哲学》）”

学源在深圳工作、生活了二十多年之后，2010年调到广州。城市转换了，官场还是那个官场。

有一件事，使我像当年意识到诗与城市的关系那样，意识到诗与官场的关系。那天，工作时间，收到学源发来的手机短信，竟是一首清新的小诗：“咫尺已天涯/何以得复见/珠江水滔滔/放眼已无边……”题为《梨花舞　舞春天》，也就是这本诗集的头一首。

读完诗，与他继续短信交谈，才知道他正在开会，这首诗是他刚刚“开小差”折腾出来的。

学源在官场摸爬滚打多年，练就了简约、创新和务实的风格。他跟我说过，摆脱乏味、冗长会议的最好办法，就是让自己的精神，跳出肉体，自由翱翔。这一刻，他想必又是在一个可开可不开的会上，正襟危坐，面无表情，同时精骛八极，心游万仞，晃荡到诗的国度，每有所得，便掏出手机捣鼓两下……这么一畅想，我不禁莞尔。学源的许多诗，的确都是这样“偷空”创作出来的。

这是一个有趣的隐喻：以放纵的诗心，逃离枯寂的现场，觅获灵动的当下。

手机传诗不久，学源被派往美国耶鲁大学，学习一个月。逃离更远，反差更大，没有了案牍劳形，也不必大会小会，不知学源一时之间有没有“久在樊笼里，复得返自然”的感觉？他显然诗心勃勃，诗兴大发。他在美国尤其在耶鲁，写了好多首诗（见本诗集辑六《耶鲁的风》）。

但学源并没有因此而写美国，写耶鲁。美国，尤其是耶鲁，对学源来说，更多只是一个契机，一种气场，让他拉开距离，拨开浮云，明心见性，重新发现往日的诗境。耶鲁的风，耶鲁的月，耶鲁的黎明的霞光……触发他对家园、母校、故交、情侣……诗意的怀想。他漫步耶鲁，内心浮现的，却全是中大康乐园的追忆。《无题》一首，最是典型。

貌似逃离，实则返回：从官场的“我”，返回诗性的“你”。

这本《你的模样》里面的诗，多是学源调来广州之后写的。学源在珠水之南诗情画意的康乐园度过了四年美好时光，内心那个诗性的“你”，也是在那里慢慢长成、渐渐丰盈的吧？重返广州，对学源来说，或许也是精神上的某种回归。这一本新诗集，诗心依旧澄明，“你的模样”依然清丽；但毕竟，宦海沉浮，世事苍茫，学源这些诗，在当年浪漫、轻灵、带点儿淡淡忧郁的底色上，多了中年心事和人生况味，堆叠了繁复与驳杂，是愈显醇厚了。

这么多年下来，作为老同学，我读学源的诗，最强烈的情感，是替他感到庆幸，庆幸他在日益恶化的世俗社会和官场环境里，还一直保有一颗诗心、一方诗境和几许诗意！人在江湖，身不由己，学源在诗里保存了自己。久在樊笼，也正是诗，让学源得以复返“自然”——人性的自然，人心的自然，人情的自然。学源拥有只属于他自己的广大的诗的世界。在现实的世界疲倦了，慵懒了，没意思了，他便悄然飞入自己诗的世界，神游天外，汲取灵性，休养生息。诗的世界，是学源精神意义的家，更是魂牵梦萦的故乡。我“诗”故我在。根本上，诗是学源的自我，是他心上那个成就“我”的“你”。在这个越来越难以把持自己的世道，怀揣这样的自我，人才可能真正强大，侠骨柔情，笑傲江湖。

2015年9月25日，中秋节前

（作者系南方日报出版社副社长、编审）

# 目录

# 辑一 你在的春天

# 梨花舞 舞春天

咫尺已天涯
何以得复见
珠江水滔滔
放眼已无边

我心游江北
江南存思念
白桦长北国
初春见红棉

禅城歌声暖
夜寒风生恋
执子手怯怯
笑意串无眠

忽又梨花开
像你舞春天
我从画景来
你在月儿圆

遥遥叮嘱紧
瞬间是万年
多少红尘事
夏夜润江边

# 春天的燕子

你总是那么睿智
岁月将智慧播种
坚定的目光之后
你将世界读懂

你总是那么淡定
坐看云散云涌
淡淡的笑容之外
书写情怀如风

你总是那么优雅
开放还拥有传统
台前幕后的努力
你让花儿感动

你还热情洒脱
人生通透而隆重
梦里梦外的世界
你不肯让它入冬

人生谁都有梦
精彩不会雷同
当年不悔的选择

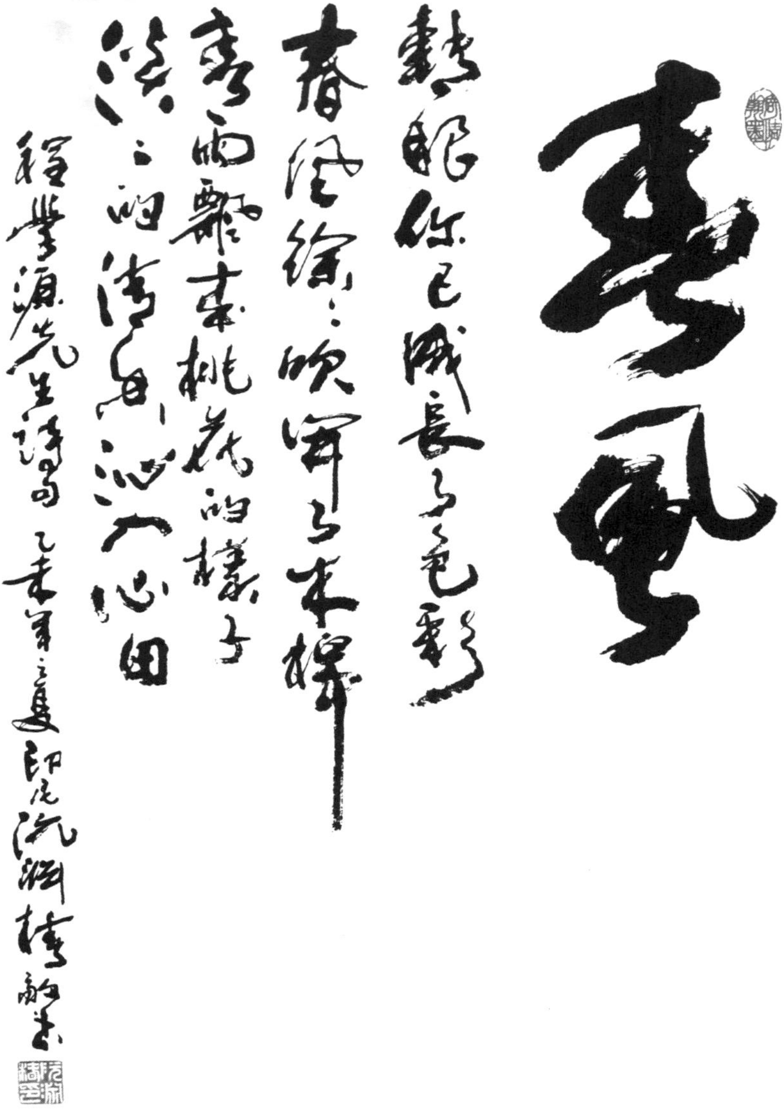

（印尼）阮渊椿　书

累累硕果鲜红

你令我们体味
向上人生的景色
你让我们信服
生命需要从容……

# 致青春

多少年少时光
垒筑了曾经想望
令人回味遐想
转眼间
鬓渐白
树染霜

耳边传来声声响
我的笑
你的歌
成过往

自古青春皆诗意
春来花荡漾
两小无猜多嬉戏
今细诉
好时光

今夕何夕
月未亮
情未央
铅华褪尽君何在？
齐执手

再续那张狂

侧窗望外是深宵
醉朦胧
是泪眼
错将明天当那天
以为还有
蓝天丽阳

# 我和你的故乡

又是春天来早
还有些许的风雨
草莓的花儿已开过
墨绿的远山
如我的记忆
洗过般的妖娆

可你不再
风雨中的青涩不再
你纯美的双眸不再
粉红的笑面
在岁月的深处
若隐若现
而少年的我
玉树临风
不再

记忆的泪滴
祭祀着曾经的年少
风飘飘的
白色裙裾
和你黑黑的
长发

透过这岁月的苍凉
不再

那时的你
不再
不再是待飞的燕子
不再是田野中
盛开的灿烂花儿
不再是蓝天里
自由的云朵
能自在地
放歌

你的屋顶
已炊烟袅袅
长青藤已爬满了
你的纱窗
你的小孩
已在你的花园里
嬉戏
还有那
抽烟的男人
在劈柴的那刻

吆喝着
苍茫的歌

而我
此时的我
只能远远地
驻足
你已不再

我本可以
在你的春天里
给出许诺
也可以
种下一些希望
让你的人生
美丽成行
本可以牵住
你的双手
迈进我们理想的故乡
可我们就这样
在青涩中
错过

错过了这曾经的风景

错过了你给的那条河
错过了你岸边青青的草
无边无垠你在的景色……

你的青春
不会再来
我和你的故乡
在我们鲜嫩的
遐想中
丢失在十六岁的
季节

人生如这季节
有了雨天
就没有艳阳
可眼前
我的眼前
新雨浇过的麦苗
如你当初
转身回眸的样子
闪亮
而我和你
年少的故乡
不再……

# 你在的春天

雨丝在夜幕下缠绵
花儿盛开着依恋
你的目光雨水般明净
岁月演绎着诗篇

你只是淡淡地笑着
飘香的发辫一如从前
熟悉的吉他陌生的曲子
一曲曲诠释的是难以如愿

我呆坐在你的世界
花儿璀璨在我的视野
只求一片晴朗的天
让你在我的世界里甘甜

给我一方你在的麦田
让你飞舞在金黄的画面
就像金秋时节动人的风景
让你幸福在我的心间

可你还是忘情地弹着吉他
不懂这世界已经走得很远
你沉迷的那些春天

我只是站立在你的后面

我知我们失去了好的节点
可明晨也许能光芒一片
忘了那把吉他那些曲子吧
我们还能找回那些春天

# 夕阳河

林军　书

## 夕阳河

夕阳河静静流过
静美之中的洒脱
彤红的河面倒影
留下了诗意颜色

春天的河水温存
倒影了你的沉默
岸边的芳草依依
是谁将惆怅诉说

夕阳河汩汩前行
安静得让我懦弱
岸边的花儿盛开
你给的风姿绰约

你曾爱恋的地方
是谁叠写着传说
多少美妙的妄想
多少揪心的离合

大雁痴迷地盘旋
远方可有人附和
夕阳河畔的夕阳

温暖地将谁抚摸

而今我独守在这
盼你从河岸走过
缘分是那么遥远
夕阳染红了寂寞

明丽的美妙风景
可否不嘲笑于我
夕阳河畔的祈祷
请给我一个许可

# 微风吹过

我坐在这里
朝阳来看我
初春的微风
撩乱着心河

白色的小花
随风在摇摆
有几片白云
卷来了寂寞

空旷的园地
草儿在疯长
破旧的长椅
思念在蓬勃

半方云天外
你可亦安坐
我的书页里
有你在出没……

# 春天的感觉

你是我喜出望外的一段情节
在我静谧的世界里笑着出现
撩拨我久违的感觉睡熟的情谊
晚风轻吹　吹动我的想望无边

在缘分凉透的世俗的日子
我感受你的气息真切的眷恋
南国的花儿开了又开
你美丽的呼唤染满了视线

在最冷的夜晚我独赏明月
在如梦的天空守着心甘情愿
五十二年后月亮还是那样大吗
皎洁的清辉　我旧去的诗篇

天蓝得安详　风儿却不远
我呆坐在那里等你的出现
等你的美丽和洁白的笑容
这样的时刻月儿很圆

我知我们都有同样的梦想
我热切的心绪你可会灵验
就算世纪倒转我空守执着

你可要回头探我在季节的边缘

你的出现让季节闪亮
春天的喜气染满了唇边
有你的时候就有风景
有你的风景就有了万语千言

想说的却糊涂我字斟句酌
再长的诗句也难了意愿
世界很小我们很小你说对吗
在冷冷的冬季去感受春天

# 静听我的无眠

我走了很远
总走不出宿命的嬗变
鲜花在泪的视线
红旗只是路的一点

浓得化不开的步伐
青春的阳光　我知
早已变脸　我还是我
我只是被遗忘的诗篇
山还是那么高
悬崖底下　我渴望蓝天

如何有一种升腾
让我面处更好的局面
如何有一种解脱
蓝天下的辽阔
能让我看见

我不敢在叹息中徘徊
星星在闪烁　我对
太阳的眷恋

我不敢在埋怨中睡去

我的無眠長滿了心事
窗外涼風浸泡的眷戀
白褲紅衣走過的小巷
現僅留夜幕月牙一片

程學源先生詩句 昔在乙未夏月歐洲中書協金岳祺

（德国）金岳祺　书

岁月会流走　我对
阳光的缠绵

我抬头举望苍穹
云霞在拒绝
黑夜的萧索
我要请你　静听
我的无眠……

# 早已是天明

山已很清
水已很清
梦在春天
哪有秋的风景
杏树没花
绿草如茵
鸟儿在鸣叫
早已是天明

天已很蓝
地早无垠
梦在夏日
雨有知音
一道道彩虹
划过天空
一片片流云
没了灵性
梨花的洁白
金菊的同情
声声喜鹊
传来了宿命

寒冬来时

我有暖衣
煮沸了的炉子
有人照应
苍天有福
总有佳音
梦里梦外
我一样精神

流水有意
行云无情
有老天偏爱
有你同行
远行的牵挂
午夜的揪心
冷暖自知
这已是梦境

一日三餐
不富不贫
早春二月
享受素琴
腊月时分
观望雪景

有你的笑声
还有你的眼睛
唯我最关切
温暖又传神

# 致新千年的曙光

你是命运奖我的鲜美花朵
在旧千年的步伐中笑着看我
看我如水的目光没了的梦想
疲倦的努力和英俊的落寞

你来看我听我绵长的故事
听我火热的歌声和些许坎坷
我知旧的千年已笑着挥手
你却来陪我坚守这奢望的角落

我想拥抱千年岛上第一缕曙光
享受荒芜的自由你给的快乐
在湛蓝的海边吻吸你的风雨
还你晴朗的天空愉快地走过

你用灵气与美丽让我牵挂
让我在深夜的致意里发呆斜坐
执子之手我要摘下满天的星斗
手捧玻璃的心却不肯谢幕

多少善意经典的开心话题
你可知男儿有梦是你的过错
我们年轻世界年轻因千年的日出

你可要为我等待那坚守的收获

新千年已经来临还有我熟悉的声音
张爱玲笔下的故事你对我说
我曾把酒醉笑多少凡尘俗世
新的千年有你在为我晶莹闪烁

我知你是命运奖我的鲜美花朵
你的千年祝福我会浇成甜果
我知你是命运奖我的鲜美花朵
总让我在幸福之中不知所措

# 辑二 风雨画卷

# 风中的你

你是那样的痴迷
拍掌在为我欢呼
当所有的落叶都缤纷成梦魇
你依然借春风将我安抚

你是那样的专注
目光在驱散困苦
当所有的风都忘了孤独
你依然在夏雨里为我鼓舞

你是那样的忘情
泪眼在悄悄地倾诉
当所有的花儿都缠绵于世俗
你依然在秋风中为我注目

你是那样的糊涂
举旗在为我开路
当所有的季节都萎缩成白雪
你依然用温暖去书写错误

多少风雨路途
你执意为我付出
多少风雨路口
你执意为我摆渡

# 半弯月亮的心事

是我让你步入这漫长的苦旅
远山染满了这安详的美丽
是我让你经历这惊险的故事
大海包容了这厚重的心思

是我让你读透这浓郁的风情
星星在诉说你眼里的秘密
是我让你吸纳这潮湿的叹息
太阳会温暖你冰冷的孤寂

寄望的风雨从你的山边走来
半边的月亮因你而亮丽大地
窗外的风景幻化成昨夜的分秒
英雄长叹花儿盛开在寒冷的风里

你可曾后悔这可以选择的选择
你可曾瞭望这很近又很远的距离
天阴天晴这人生的乐章潮起潮落
风中雨中让我分享你智慧的灵气

幸福的感觉迷蒙如雨丝稍纵即逝
波涛汹涌相似的命运你可曾晓知
忘情水啊漫过了多少淡忘的记忆

你可会用笑容宽慰我陈旧的委屈

为往事干杯想尘封遥远的美好
是谁用歌声温热这久违的甜蜜
雨中的紫伞爬满了羡妒的目光
却走不过世俗走不进你我多雨的都市

月转星移远山常绿我知我不能停步
蓝天作证山花会浸香我梦般的诗句
太阳下我们同行风雨中我们同路
豪情如蓝天辽阔终究会让人着迷

# 天边的月亮对我说

你喜欢这样的一支歌
远航的夜晚点给我
漫不经意的笑容外
冷却了思忆不说错

你喜欢这样的一支歌
反反复复来问我
跑调的音乐有几许
丢下的无奈有几多

你喜欢这样的一支歌
倾听的时候有泪落
静默的守望在为谁
独木桥边摘花朵

我低头静听这支歌
淡淡的寒风又掠过
长行万里我回望
遥远的篝火暖几何

唱来唱去这支歌
有歌的风景不落寞
尴尬的笑容不成画

半句祝福都难说

你喜欢这样的一支歌
歌的尽头想着我
廊桥遗梦梦不在
天边的月亮对我说

# 风雨画卷

我们的路
满眼雨烟
在这十字路口
我该向左向右
还是向前?

我可能还得等等
我仿佛听到了
风的眷恋
听到了雨的声音
你的缠绵

天亦渐暗
雨却没停
脚步挪不开的眼前
可是这迷茫的
无边

你没在
没晴天
风雨桃花
美丽不了
眼前的画卷

王荣宝　书

多少年的多少年
多少天的多少天
春天的愿望
在你心底
可曾改变？

长青藤已枯萎
牵牛花早不见
我独自的追寻
你可会感知
谁还会怀念

我抬头望去
那是我们
喜欢的秋天
有风吹过
有雨飘来
雨花中的落叶
仍然美若从前

我漫步风雨黄昏
迷失在如诗画面
梦想这样的秋季
你就在我的身边……

# 听海的愿望一推再推

听海的愿望一推再推
我潮涨的心绪你知为谁
如水的遥漠和淡远的明净
无意的叹息难分错对

听海的愿望一推再推
我们的节日没有玫瑰
安静的心事幻变成古井
永恒的话题有谁去追随

听海的愿望一推再推
想安卧沙滩与星星相会
这样的凉夜我调侃往事
你的笑意溢满过酒杯

听海的愿望一推再推
你可会去聆听我的疲惫
多余的牵挂凉在眼里
有雨的深宵为谁难睡

听海的愿望一推再推
爱你的话语吻遍过海水
我的心事月亮会复印

过重的炭墨演绎着憔悴

听海的愿望一推再推
我安静的等待月亮会作陪
淡淡的芳香如年少的期望
今夜有风　有风在轻吹

听海的愿望一推再推
我知你喜欢朝阳的明媚
明丽的彩霞有你的祝福
我淡蓝的守候不会潮退

# 谁在海里流浪

海水一样天蓝
你已不复具体
在山海的边缘
这仅仅是一份心绪

走了　走了
那海鸥的歌声
飘了　飘了
这份潮润的秘密

太阳太大
你躲进了世俗的视线中
在我没了梦的那刻
钻出来让我　叹息

走远了的
何以又回来
回来了的
何以去解释

那日的海水
润过江岸的红花
燃烧

忘怀了的过去
饥荒之中的红日
今日之海水
如此的陌生
却在演绎
曾经的熟悉

海水还在呢喃
海鸥还在飞翔
日光下的波粼
像刀刃一样发亮
像雪花一样芳香
像你年少会意的眼神
伤在我今日的心里……

太阳落入海水的时刻.
月亮抚慰着山河
随了海的歌唱
和渐老的双腿
我拙劣的思想
却在海水里寻觅

# 雨的遗憾

像季节轻轻转换
像星辰悄悄转移
像所有的故事已经开始
只是等待另外的结局

风吹美了你的容颜
雨润湿了你的美丽
眼前翻飞的景色
那是遗落的结局

太阳花　哪里去了
牵牛花　为啥无语
你孩童般的目光
有多少无奈的珍惜

冬的厚重
夏的飘逸
你用浅浅的微笑
将所有的爱恋演绎
我知这又是一个无题
像窗外还下着的小雨
当天上又飘走了云彩
当季节已失去了意义……

我无法唤回岁月
轻轻地将双眼闭起
我无法握住琴弦
任由它潮落潮起……

# 遗憾的雨

曾经如诗的雨季
让牵紧的双手分离
我抚摸无声的心灵
任激情在雨中浇息

一路泥泞的落魄
幸福已默然过期
行囊曾装满了想望
转眼竟空空如洗

风中雨中我走过
玫瑰花散落了一地
情过了爱不死
多少无奈的低语

就这样让人生装满
曾经忧郁的往事
所有的繁华和坠落
蜕变成扑朔迷离

谁又找到一个结果
哪怕是苍白无力
谁又觅到一个雨季

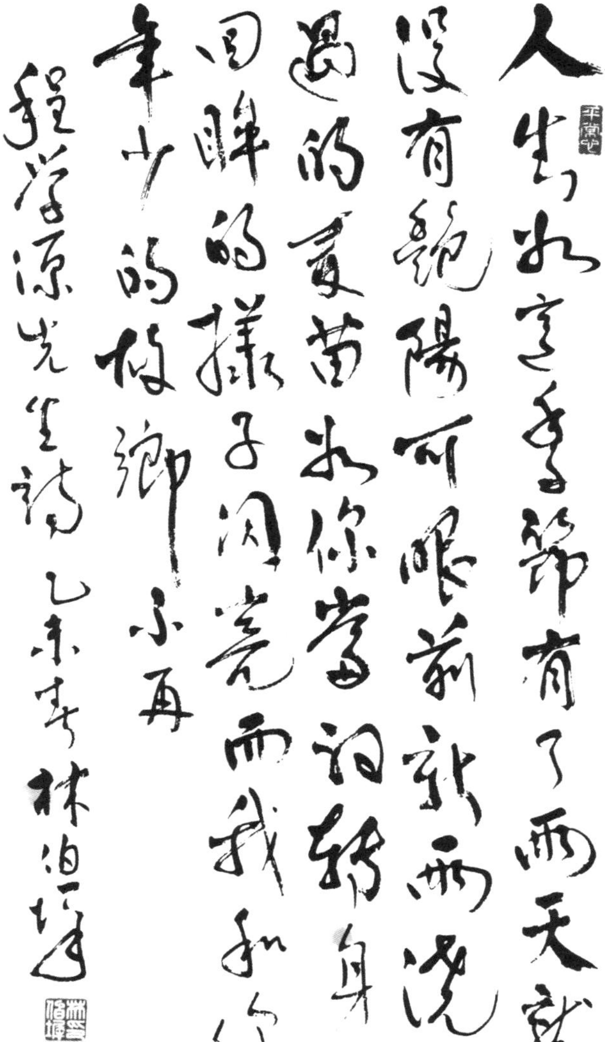

（澳大利亚）林伯墀　书

给自己一次冲洗

我带着洁白的心绪
阅读落叶的清凄
所有已开始的章节
会拍打未了的传奇

# 假如雨知道

我们的早晨风雨潇潇
我等在雨中感慨世道
所有的期望曾有的设想
怎么会这样风雨飘摇

父亲的叮咛是一片晴天
轻轻地挥手给我搭桥
而你是桥边躲雨的木亭
让我去弥补愧疚的微笑

老天有情可雨不知道
大山的呼唤真诚到老
所有的山峦刊登着圣洁
山河含情雨会知道

排山倒海将我迎接
所有的隆重你可明了
人生有几次在云里盘旋
梦里有几次花开月好

你大气的美丽溢满了福气
执着的歌声我梦里萦绕
你不经意丢下的遗憾

多少的男儿在珍视如宝

雨还在下可雨不知道
满眼的雨幕都是诗稿
我疲惫的笑容已留在风里
有多少无奈雨会知道

# 你是蓝色的

眼睛是蓝色的
笑容是蓝色的
走过的路是蓝色的
所有我能看见的模样是蓝色的
夏季晚上的风也是蓝色的
在我安坐在灰色的那瞬
你是蓝色的
像海，像天，像无法企及的遥远
透着些许的清纯
还有成熟的气息
我看见了淡定之后的从容
我品味着风雨过后的放纵
我爬上了那高高的山坡

在青草之后　在风语之间
我将蓝色听懂
我知道在蓝色和灰色之间
还有白色
平常得像季节的递换
是岁月的流转
是我脸上的皱纹
在倾听孤独的呼唤

蓝色啊，你可知道
我是五月的花儿
让我开在有雨的傍晚吧
让我在最美的时候
说给风听
说给雨听
说给灰色的云层
说给黑色的芭蕉雨声
我就这样说着、看着
就这样等待着
蓝色的来临

我听到了你的心声
你的目光已迎来了黎明
你苍白的脸上已经红润
我知道　蓝色
你已离我很近
我还能感悟你的灰色
读懂你的漫不经心
当雨水从花瓣滑下
天空已很迷人
在太阳出来的那刻
我的脚步　雨过天晴

看吧，你看吧
我铺开所有的白色的纸
铺开了我所有的愿景
我挥舞着风一样的思绪
将蓝色吟唱
将灰色收起

我跑着　我唱着
让我就这样盛开吧
我明白蓝色的天空
该有多么美丽……

# 致残缺的天空

你穿上白色的上衣
以最纯洁的美丽笑着
在说完了该说的之后向我们致意
一如你千万次的微笑一样
就这样在夏夜里消失

窗外的夜有一片隐约的天空
还有几朵风中的云儿
飘过我的叹息和一刹那的惆怅

我知道这是你的告别
所有的“正常”在你的
“演技”中掩饰
不再像往常那般灿烂和绮丽

反正就这样了
你像一个失落的赌徒
在下最后的赌注
猛地点头
你送了一些“灿烂”的笑
和一些日后的谈资
就这样在夜的炎凉里
隐去

我知这是你不情愿的“演出”
可在你饮完了数杯坎坷之后
在你作了一些无助的挣扎
沐浴在失望的光辉之后
你让夜晚遗憾和残缺
让所有的鲜花都推迟了花期
让所有的雨夜都演绎成诗
让所有的芳香都已淡去

你书写着你的无悔
就这样说“再见”
一如你鲜亮幻化为满天的星星
去静候我们的黎明

# 是雨是泪你心知

又是夏雨飘洒时
几许潮声叠潮气
门前小树花已昨
笑脸粉红迎知己

年少谁说是无知
世道沧桑梦已去
又是雨滴敲视线
是泪是雨你心知

缘断分移总难尽
岁月尽头去相思
转眼两鬓生华发
人生因你有残诗

# 谁在雨中远去

天还在下雨　电闪雷鸣
你的背影　渐行渐远
在花的国度　消失
在我的视野　消失

你的笑容　还有
白皙美丽的面容
在雨中　在雷声中
在我的梦中　反复

我在弥敦道上行走
这是你不知的片段
前面行走的多少背影
像你　在雨中远去

你说你会回来　很快
我守在这风雨之中
你留下的这些静默
让我的心田荒芜

你的面前是万丈阳光
紫色的彩虹　明媚
我想望你转过身来

目光　会落在我的身上

背影　你的背影
在这沉闷的氛围之中
绽放
在亦雨亦雾的夜里
成画

雨水依然在下……

# 辑三 今夕何夕

# 传说

比天空更辽阔的是我们美好的思绪
岁月会记住我们的今天像首歌……
比大地更深厚的是你给的呵护与温暖
让江河记录我们的亮堂　像朝阳般迷人的传说……

抬眼望处一片斑斓的灯火
正如你点燃的理想不再沉默……
车流人流多少世间事
将这别样的夜晚别样的豪情点拨……

我放下了这沉重的功名包裹
将你栽种的田野疯狂抚摩……
秋季里没风没雨满山满岭的硕果
我只想换你满心欢喜的景色……

赤条条的夜幕在视野里变深
分分秒秒的变化蜕变成几多诱惑……
而我只想在这高空的夜幕里挥毫
用今生的诚挚来世的才华为你着色……

# 海棠

庭院的海棠
风雨中出妆
我乘这斜阳
抹开一扇窗
如你的微笑鲜亮
在风雨中绽放……

庭院的海棠
沉静历史时光
日子残碎了花瓣
敲打这时间围墙
让寂寞欺负青春
侵吞我狂热想望
让空虚玩弄力量
难耐孤独神伤……

还有风雨琴弦
穿越生命沧桑

那哀怨的曲子
总在庭院回响
还有沙哑的鼓号
折转历史长廊

浓缩幸福故事
泼墨璀璨华章
金戈铁马的归途
意气风发的梦想
一生一世的精彩
仅留半片花香

伊人院中倚望
却是昨夜梦乡
留我独享海棠
谁愿与我咏唱……

庭院的海棠
可是月色红娘
初秋醒来的早晨
还有你的模样

我乘这半弯月亮
寻你在遥远的何方
掬一捧如水的月光
就当漾出了海棠

# 七夕的窗外

今夜的窗外
没你的到来
只有几朵黄玫瑰
在微风中摇摆

昏黄的灯光
将你的气息铺开
匆匆的一场雨水
冲淡这爱恋的无奈

月华如花
此刻如水
你静静的背影深处
黄玫瑰依旧在盛开……

# 今夕何夕

盛夏的珠江
水波荡漾
夜的灯火
斑驳得迷茫
小船过处
飘来了梁祝
唯美的旋律
染湿了想望

夏雨多情
飘在了天边
天边的七夕
风读惆怅
我在南岸
你在北方
迷丽的雨水
飘落我脸庞
儿时的银河
哪儿去了
你俊俏的身姿
可遇见牛郎

我在岸边

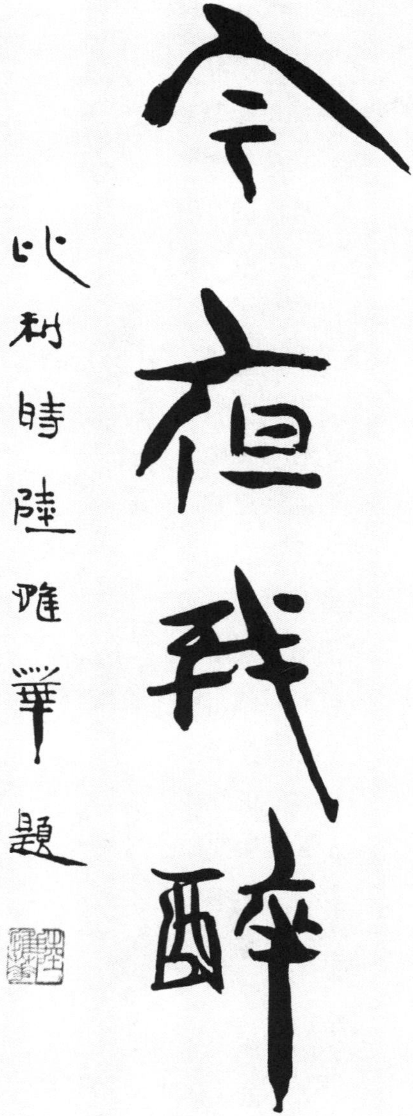


（比利时）陆惟华　书

苦苦地寻找
雨水敲打
我的瞭望
雨中的七夕
七夕的愿望
千个万个
洒落了一江
我在祈祷
我在吟唱
你可曾珍惜
可会返航

早春的鲜花
开了又谢
初夏的和风
略显慌张
仲秋的红叶
由谁去细读
冰雪冬季
可有暖阳

俊俏织女
如你的模样

微风吹醒
你笑的时光
今夜我醉
谁会扶我
凝望星空
却找不到月亮
低头看那
一泓的江水
最是寂寞
在银河之上

你踏歌而来
一路花香
银光点点
格外的闪亮
可银河在哪儿
谁才是牛郎
今夕何夕
独品这芬芳
汩汩江水
带走这疑惑
浩瀚星空
谁人断肠

七夕的羊城
流火炽热
细读你的眼神
淡淡的忧伤
雨水无情
飘飘洒洒
银河有意
却叫我惆怅
江水潺潺
如你的低语
千叮万嘱
七夕的晚上……

抬头望天
星河闪烁
雨中的七夕
谁会在梦乡……

# 爱在秋天

盛夏的果实隐藏于身体的大地
你乘着绮丽的歌儿远去
去到一个比远方还要远的地方
多么像曾经　多么像雨季
多么像飘洒在我夜空里的从前
那一声叹息如同一枚咳嗽那么亮
它似一盏失眠的灯把我照亮

秋天用细致的风情
含起了一树无限的花瓣
今夜假如有你
暂且就让我穿行在
月儿弯弯的天际
就请再给我一个开心的借口
让花的瓣静默地盛开
让月光属于月光
让河流属于河流
再找一个彼此热爱的时刻
让这夜的潮湿更潮湿
让这夜的朦胧更朦胧
让人不再提起也无需提起

爱情里生长的月光啊

而此刻的风是那么的轻盈
而记忆的花是这般的真切
月色淡淡一如你我的心
曾经的快乐
多么像花开的声音
水边盛开的红莲孤独妖娆
美丽着这无限的夜晚

你就这样站着
站成秋天最美的颜色
故乡的花朵一次又一次盛开
天空中的飞鸟朝着我们的方向飞奔着
这世界因为遇见了你
我的秋天已无处藏身了
而我还是喜欢这夜喜欢这惆怅的夜幕
忽然吹来一阵凉风清爽之中的疼
一如我无奈的笑

秋的金黄你的话题
现在我要迎着金黄说话
我要告诉云朵和泥土
我要告诉河流和高山
我要告诉一颗我热爱的心灵
是谁把爱慢慢降临于这静寂的人间

风起，云涌，水流，树静
人生如戏，岁月如箭
你呢，你如同这岁月里薄薄的命运
给我温暖给我缠绵
给我一些念想给我一些感觉
给我这初秋的指向
给我这人世间的慈悲

天使和花瓣寂寞和忧伤
谁是谁的故乡谁是谁的灵魂
谁是谁这个秋天药香的所有内容
江面上的月亮
转身淡去的夜晚
呆坐的窗前的丁香花
熟悉的渡口徘徊的土地
寂寞的心思长长的背影
除了爱，没有什么能用寂寞敲打秋天
除了秋天，没有什么能让爱赢得这开阔的勇气

夜终要归去雨终要落下
这秋天里人和事也终归过去
落叶会铺满大地
晨曦会晶莹了露珠

光芒已溢出了天际
骑着竹马的青梅也会越来越远
我守在这夜的尽端
守着这一个人永生的方向
相信爱情的马蹄声终将得得归来
一定会带来春天的消息

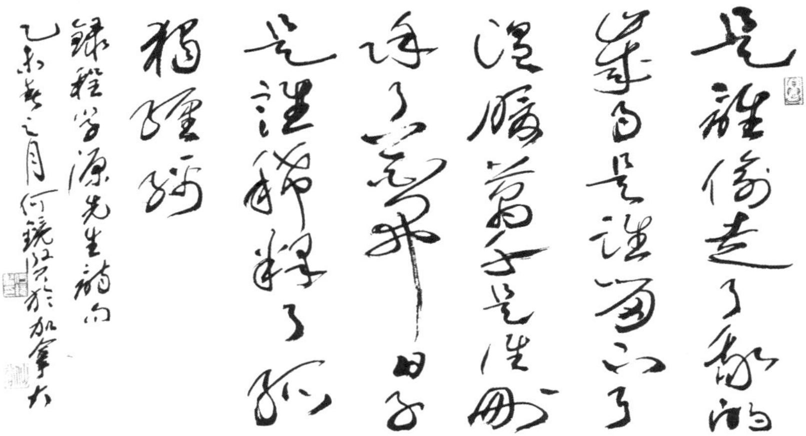

（加拿大）何镜贤　书

# 相随的日子

走过这情感的风雨
安顿我们无言的对视
在这蓝蓝的天空里
温柔的乐声如笛

撩起了心海的股市
高低起伏全因你而起
谁能坦言相遇是无期
岁月的秤杆砣不起这千里万里

秋起风凉的北国早晨
阳光在挥霍温暖的妩媚
让你去检阅我干枯的惆怅
纠正我那颓废的秘密

我荒漠的梦境你甘心光临
困难的日子锄锄“大地”
谁能诠释我苍凉的步伐
我的笑容你会不会藏起

暖暖的海风我独个品味
残缺的夜晚去沐浴秋雨
纯真的目光展览着无奈

赤裸的思想无法凝眸

我湛蓝的天空你碧绿的大地
总有一种情怀在悄悄鼓起
黑土地成熟了多少种收获
我只是渴望略收其一

# 我们有我们的快乐

终于放下心来
和你结伴同行
在重阳时节登高
在金秋夜晚望月

所有的嬉戏
在水花泼向你的那刻
绽放在云贵高原的天空
在我淡淡微笑的背后
成雪
傣族快乐的葫芦笛
总像溪水淌过的　五指
让我感受
什么是安静的
纯洁

我走进了刀山火海
的场景
却解不开长脖子姑娘
的心结
你问的那个谜底
却在这样的热带雨林中
无解

我们有我们的快乐
在笑声中换来短暂的遗忘
我抬起头来
寻找阳光的故乡
可在高山密林之中
头上只有凄清的
残缺

上海“知青”都走了吗
那一湖清水映过的美丽的脸容
会在记忆或回忆中出现
我不敢再去遥想

我欣赏湖边道旁的
金黄色的美丽的花
她们盛开时
就被定论为“黑心树”
上海知青的离开
为何又以自己的屈辱
佐证了一树的美丽
我已无心去　分辨
这孽债该何人来偿还
能告诉我吗

为何在上海繁荣的
街角
你还将西南眺望

在花的国度里
在爱花的人群之中
你能诉说的
何止是清闲飘逸之后的
从容

我们就这样流浪
就这样的版纳的深夜里
烘烤都市和现实
烘烤我们曾醉去的
魂灵

我们就这样笑着　醉着
就这样把歌声撩拨
有凉风吹来的今夜
我们有我们的快乐……

（新加坡）丘程光　书

# 黎明的霞光

记忆中
鲜活的片断
潮水般涌来

睡梦中
忘却了这
临时的分开

黎明的霞光
沸腾了我
对你的想望

淡定从容
诗里诗外
还续约慌张

这是如何遥远的世界
表面的平静依旧
心儿呀
漂过重洋

透过这黎明的曙光
阅读你的向往

情深情浅之处
可是和我一样

我辗转于你的嘱托
流连于你在的时光
耶鲁初秋的景致
会代你好好收藏

路人好奇于我的平淡
我漫步在你眷恋的目光
如果月儿知道
亦会回头张望……

# 从今天开始

从今天开始
我可以在静夜里　流浪
可以在没人的街心里行走
让静谧的夜空变蓝
月儿弯弯　海天蓝蓝

我还可以　幻想着
你的　来临
在有花香的那刻
和你共享这难得的安宁
牵你走过这人生的长街
在街路的　那头
迎接黎明

我仿佛看见
远方的霞光
在你的笑脸里绽放
撩动你想望的眼神
洗去那曾经的忧伤

还是启程吧
世界已无限宽阔
头上的星星闪个不停

半弯的月亮
洒满了迷人的　光芒

从今天开始
我喜欢夜晚
喜欢夜的宁静的世界
在月亮升起的时候
和你说说笑笑
讲一些诗文
哼几句小曲
和你　共享

我要在行走的前方
亲手种上一些玫瑰
风儿吹来的时候
让花的芬芳
幸福你的模样

从今天开始
我不在白天里流浪
我会在夜里　驻足
品味你在的时光
让所有的安宁

归于朴素的笑容
让所有的景色
装扮有你的诗行
让春天的种子
借到金贵的雨水
让夏季的酷热
引来一树的清凉
让秋夜的果树
结满收获的喜悦
让寒冬的清晨
迎来温暖的朝阳

从今天开始
我要和你在一起
从今天开始
我们的日子会畅亮
从今天开始
我们过平常的生活
爱哭爱笑
爱歌爱舞
随心所想……

# 辑四 雪飞花

# 请在花开季节里等我

在这很冷的冬夜
风儿吹乱了景色
你仍任性地走来
执意之中的过客

忘记了我的慌乱
像红叶一样地飘过
忘记了花开的声音
温暖之外的快乐

我知冷风会停步
蓝天我亦可抚摸
我懂寒夜会过去
红日依然会喷薄

可你仍是一片光亮
明晰了季节的懦弱
撩动这苍茫的诗情
替今夜的心境着色

我只是安静地坐着
随便地翻阅着寂寞
随性地呷一口茶水

权当你在时的配角

坐着累了的时候
也会在客厅里沉默
偶尔亦念念有词
有谁能听懂这歌

电视在激情地表演
胡乱地点燃圣火
说什么天涯咫尺
说什么心可估摸

说什么比翼双飞
说什么花开万朵
说什么一日三朝
说什么现实奈何

我知你真的没来
只是想念在复活
知你欢笑的背后
有我的花开花落

新的黎明已来临

我起身推开了
夜幕
新的行程已开启
请在花开季节里
等我……

# 今夜有风

星星隐在了云层
新雨刚过
潮湿的情绪
知你还没走远

我从空蒙中淡出
将无花的岁月
成为遗憾的空格
以夜的清静填满

多雨的夜空
是你的夜空
断续的琴声
弥漫在溪边

古铜色的石块
溪水淌过了花瓣
如你的倩影
在我的梦边
所有的眷恋
长成了溪边的
芭蕉林
在这风和雾里

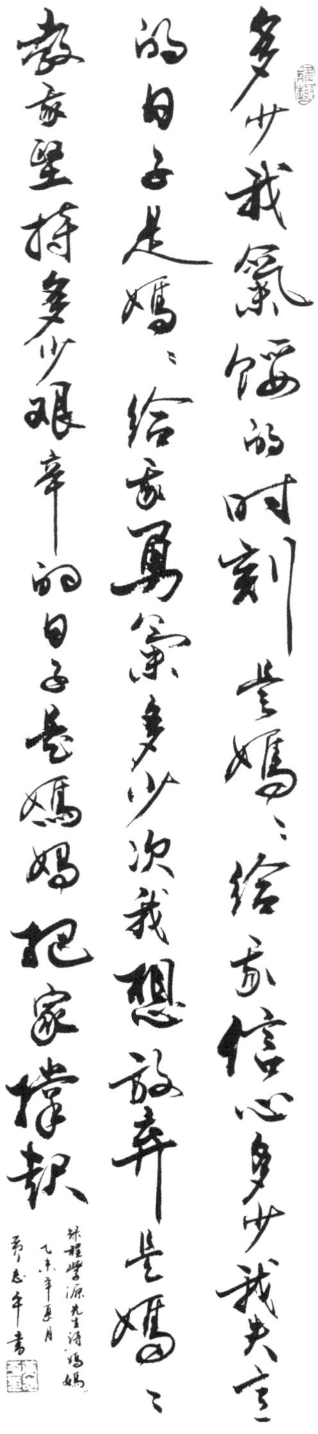
多少我氣餒的时刻是媽媽給我信心多少我失意的日子是媽媽給我勇氣多少次我想放弃是媽媽教我堅持多少艱辛的日子是媽媽把家撑起
录程曙源先生诗《媽媽》
乙未年夏月
黄志平書

黄志平　书

霉发成沉寂
空留在你心的茫然

孤寂的亘古
为何总是新得像眼里的雨丝
像我对你的无言
月亮在梦里
在云层的深处

银白的光辉
却在我不经意的梦中
夜的蝴蝶兰
失去了她的艳美
淡淡的清香
是夜的轿子
倚在了
难眠的窗前

出浴得亭亭玉立
是你的眼神
那是不可代替的光亮
摇曳的这夜
冷冷的彷徨

今夜有风
有你浅色的感动
有天边的雨丝
在我——
不曾忘却的迷蒙

今夜有风
有我淡香的美梦
有幽远的夜色
在你——
走远的寒冬

# 说好要带你去看雪

说好要带你去看雪
看满天飞舞的雪花
会唱歌的蝴蝶
看远方的天空
如白色的帷幔
品尝这一份生活的
残缺

总想带你去看雪
看我的梦中
那一棵雪松
期待这辈子的　相约
看灰暗的天空
有一些白色的　点缀
告知我这世界
仅有的纯洁

我还幻想有这样的雪夜
狂风吹来了　孤寂
有一盏浅黄的小灯
照在我温暖的
心野
好过我的心灯

在无雪的日子里
风灭
好过我的心语
郁闷在南方以南的
酷热
好过我曾有过的坚守
在无雪的煎熬中
变节

我多么想和你一同去
品雪
去梳理这冷清的思绪
品味这安宁美好的世界
我答应过的
我想望过的
还是那一场雪
想望和你去分享
这一份坎坷过后的
疲惫
奢望和你去承受
冰雪融化后的　曲解

我不管树枝是否枯萎

我不管春天可会如约
我不管容颜可会老去
我只想今朝是否有雪

可我终究没能如愿
让你陪我去看一场雪
我只是看见了芦苇
在我的心海　摇曳
我还淌过了沙湖
到白鸥飞翔的世界
可俯首看湖里的鱼儿
麻木地被刺伤流血
我还望见了黄沙
如一幅壮美的图画
我们在画中打闹
换取短暂的　愉悦

人生有另一番滋味
潮起潮落会　烟灭
可远方有一轮红日
告知我真理　如铁
我答应过你的故事
何时能描绘明确

我在心灵深处
还需要一场大雪
冬日树下的沉默
春暖花开的季节
请珍藏我的承诺
解开我的心结

# 雪飞花

我是你曾经盼望过的一朵雪花
寒冬的深夜望你牵挂
腊月的风中我歌我舞
万般风情却独显素雅

梅笑枝头我来衬托
满眼醉红我独婀娜
我是水呀我亦是花
等待春天来将我融化

我飘舞过的山岗盛开山茶
我飘舞过的河流有泪飞洒
我飘舞过的田野稻谷飘香
我飘舞过的岁月成就童话

我沉默过的黑夜无人知道
我灿烂过的日子无人顾暇
天仍是蓝的，有云儿闲游
我就是一朵洁白的雪花

# 被遗落的精灵

我是被春天遗落在冬季的精灵
没法走完应有的宿命
曾经的蓬勃遭遇过风雨
岁月无声早已月高风清

我的足迹长满了绿草
哗啦啦的夜雨曾将她浇淋
一米阳光照在了一米之外的别处
呼唤的青藤已没有和应

我是被春天遗落在冬季的精灵
我的视线在期待中无影
前方的太阳照耀下的湖水
清澈和美丽只属于别人

山会崩裂水也会横流
我是只候鸟在冬季里追寻
征途太远　港湾啊在哪
金黄黄的秋叶飘荡成景

我是被春天遗落在冬季的精灵
白雪皑皑萌灭着生命
一树的梨花盛开在梦想的黄土
谁在度我到温暖的梦境

# 别为我在这里等待

别为我在这里等待
我的花儿昨日已开
弯曲的小路布满荆棘
我不愿看你遭受无奈

别为我在这里等待
要到冬季梅花才开
满地的落叶一片落寞
无花的季节你如何承载

别为我在这里等待
你的花儿明日才开
春季的冷夜虽有风雨
明媚的春光已向你走来

别为我在这里等待
要到明天才看大海
蔚蓝的尽头有我守候
你是天边飘来的云彩

别为我在这里等待
岁月之树为我们盛开
相互守望也是风景
宁肯割舍更是真爱

# 相信

我已经很相信
相信夕阳西下
天空缀满了彩霞
冬日的毛毛小雨
也一同
飘飘洒洒
还有几缕微风
就这样
成全了风景如画

我站在这样的傍晚
欣赏夕晖细雨中的
洗刷
在我仰望天空的时候
我将眼镜摘下
我相信我的脸庞
飘有多情的小雨
连同些许的泪光
让我安详和升华

我相信夜晚
相信夜晚的星光
在有雨有风的黑夜

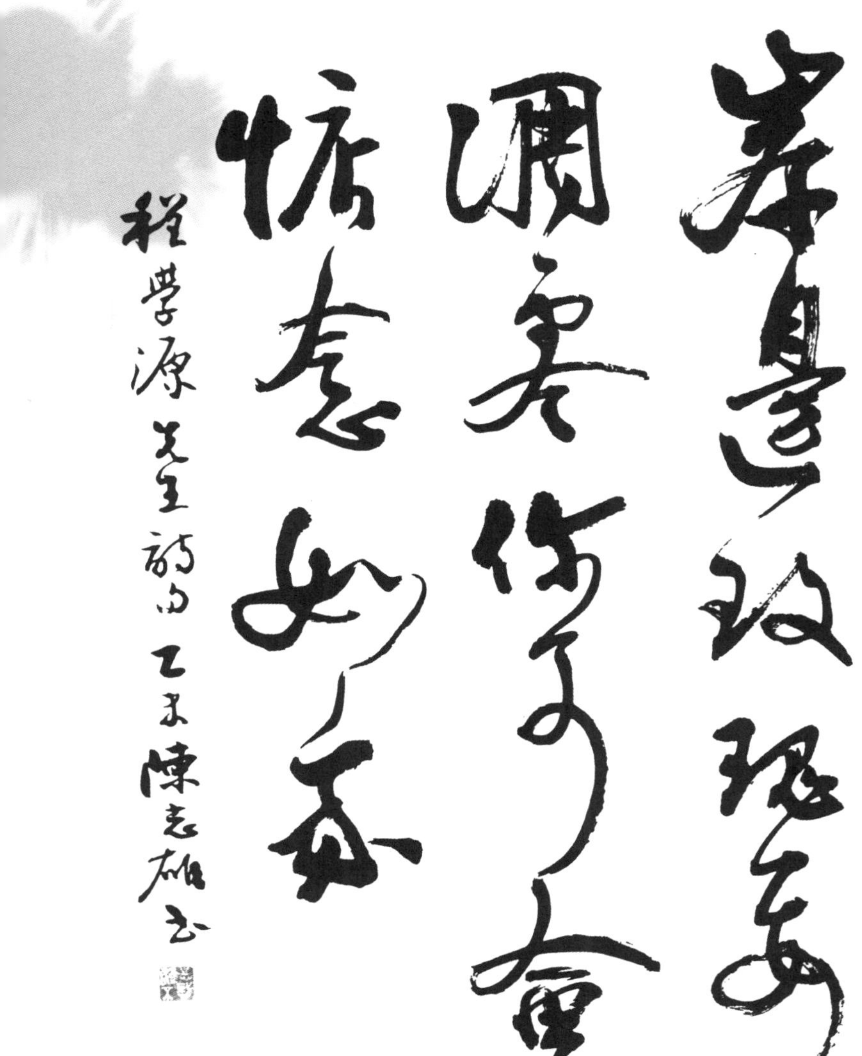

陈志雄　书

将寒冷和孤独追打
我还相信花儿
在冬季的南方
在南方的东南
长成温暖的童话
在花儿盛开的早晨
我相信你会光临
甜美的笑容
会激励我沉重的步伐

我还相信
总有晴朗的日子
在朝阳光临之前
我会望见
明媚的拂晓
让晨风轻轻吹来
撩动我的头发
最好还是在春天
在我呆坐的地方
映出满天云霞
还能听到你的话儿
把我的朝朝夕夕
牵挂

还能有一泓净水
洗涤我的疲乏
最好还是在春天吧
让我能听到
喜鹊的鸣叫
将喜庆的消息
传达

我已然这样相信
相信命运的厚爱
相信磨难和付出
能医治伤疤
我相信人生的得失
相信守望的代价
相信有你同行
远方定有美丽的
回答……

# 子夜之后

从阳光明媚的春天
走到严寒的冬季
从蓝的天碧的海
走到寒风萧萧的境地
我用心体悟
体悟这纷飞的人生
时间漂白的情义
在回忆的尽头哭泣

我抬头凝望
这夜满眼的灯火
寂黑的氛围
被锁进了光明的昨日
我寻夜的感觉
一如黑色的世界
罩住了我的视野

冰封了我本能的反应
在我呐喊我狂笑的片刻
将无奈摆上了命运的祭坛
嘿　好家伙

长长的走廊远处

有狼的蹄声
踩碎了酣梦
印干了思忆的溪水
并不好听的乐曲流来如霜
铺在了今日的路途
如霜的路很冷
如霜的路很滑
如霜的早晨听得见呼吸
如霜的早晨摸得着冷漠

我感觉到我成了猎物
我看见了如夜一般的眼睛
闪烁着十分不友善的守护
我听见了祈祷的歌声
从地心深处翻滚着而来
我始终相信
我会拔出剑和枪
击破这并不会久远的沉默
以血或泪的肃穆
找回春天的感觉

子夜的钟声在鸣响
子夜之后还是子夜吗？

# 面包和白开水

奶白的面包和无色的白开水
在有寒雨的早春让花儿和美丽失色
风儿染过的气味让梦想的温床勃起

在沙子铺就的路上
面包的记忆像沙子般没法咬碎
当年的孩儿连同面包蘸着的香甜
向往成昨日的雨丝
在窗前的伫立中摇摆着安静的心思

终究面包和白开水
过滤过昨夜的所有星辰
宣读着本色
守在生命的路上
让幻想和向往编织
我知道黑夜的黑色中的面包
支撑过多少寒冬
白开水要暖的
可在你来临之前

我以踉跄的步履
守候那炉温暖如夜的星
证实那是五更

你可相信
我抬头的眼帘里
映出了大海连同海上的一片红
（嘿！好红的一片！）

海的儿子
为面包和白开水守候到天亮

# 辑五 风吹木棉

# 东湖水边漫想

湖边的夕阳
照亮了水中的金黄
可是你美丽的模样
我掬一手慵懒的湖水
让它在晚风中畅想
你笑容的芳香

不用担心
在路上孤单的水点
你爱恋的目光
那是我的天堂

东湖的水在荡漾
月儿在清丽中流浪
细风卷走的所有落叶
是谁细读在异乡

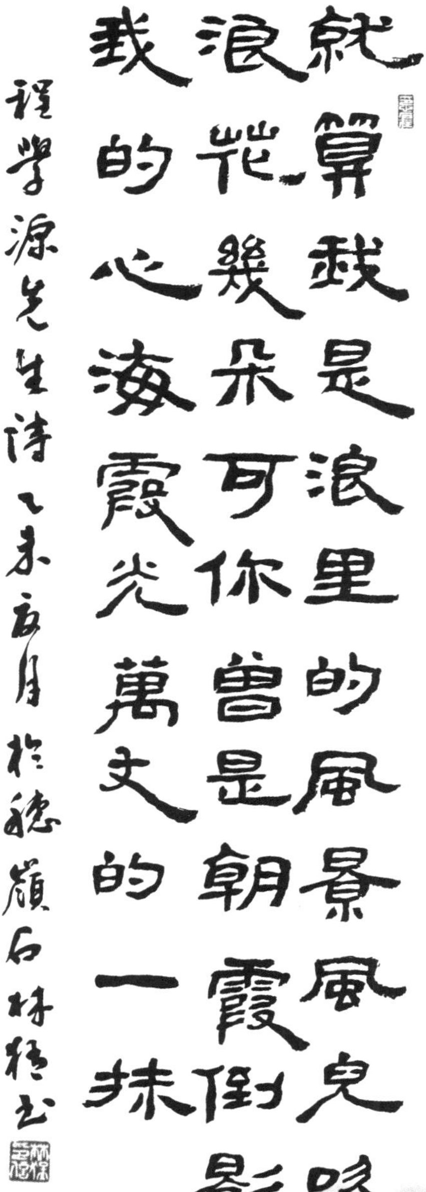
就算我是浪里的風景風兒吹來
浪花幾朵可你曾是朝霞倒影在
我的心海霞光萬丈的一抹
程學源先生詩乙未夏月於穗嶺石林猛書

林猛　书

# 风雨醉汉街

在汉街楚河的岸边
细听你的水声
如天上流星般的水花
笑着唱着在坠下

些许的诗情
是你如花的年华
在今夜汉口的冷雨中
将南方的今夕　牵挂

我酒醉的冷冷今夜
雨水浇湿了我的头发
你恍动在我的眼前
为何不给我　应答

街人都说　冷啦
风在不停地谩骂
我在街灯下的影子
谁将它弄得东倒西斜

汉街的灯火为何刺眼
谁在大汉舞台翻版《天涯》
坐落有序的洋房钟楼

遗憾着《牵手》的童话

楚河和汉界共存的汉街
分不清今夜的风吹雨打
一年究竟有几天?
一辈子有几多铅华?

跌跌撞撞在这楚河汉界
飘忽在这似古似今的神话
此刻满眼闪亮的景色
我知没你　不能成画

# 风吹木棉

生命之中黑白的胶片
灵动却又泛黄的笑脸
有你低头瞬间的妩媚
映照年少赤裸的无眠

我的无眠长满了心事
窗外凉风浸泡的眷恋
白裤红衣走过的小巷
现仅留夜幕月牙一片

转眼你已长成了彩色
春风徐徐吹开了木棉
春雨飘来桃花的样子
淡淡的清香沁入心田

每次路过你在的花前
每次对视你给的诗篇
多少次默念你的模样
只求你留在我的视线

慌乱之间走进了数码
青春的日子删删减减
我在张望躁动的黄昏

是谁畅想有你的画卷

缘分之歌没人能唱好
命运的叫喊你该听见
花开花谢问谁能看淡
春夏秋冬留不住容颜

是谁偷走了我的岁月
是谁留下了温暖万千
是谁删除了花开日子
是谁稀释了孤独缠绵

今晨的太阳光辉万丈
昨晚的月亮清澈无边
时间风干了我的记忆
挑一季花香随你所愿

# 穿行在云贵高原

我知这是冥冥的天意
在这样的心境让我读你
读你如太阳般灿烂的红色
诡秘而又惆然的心思

我知这是烦人的执着
伴着这落寞的高原雨丝
稠密的丛林我们走过
得失之间去咏叹美丽

约了一次失之无缘
还约一次去表白心意
长空笑我千里碧蓝
大山因我而满眼翠绿

你侧脸望我像是在问
为何这样阅读你的点滴
满山的景色你说好美
我尘封的坚守开始决堤

我有一路的故事让山风染过
可知滔滔不绝全是因你
田头有水在轻轻绕过

白云吻醒金黄的麦地

人生的前途山路弯弯
可要记住我真诚的鼓励
酷闷时节瑞雪纷飞
虔诚的祝福未有终期

# 黄果树情怀

终于能一睹这瀑布的风采
远古和现实已经在比赛
飞流直下倾尽炎凉
黄果树前远古走来

靠近一点还要再近
别在远古和当今徘徊
刹那的情愫为谁编织
一泓清水为谁等待

我的微笑凝固在水中
慌乱之中早已失态
瀑布的歌声也曾寂寞
飘落的水滴花儿在开

水帘洞里生出的故事
哪一个故事能讲透情怀
欢笑的瞬间早已定格
生活可会张张续拍

瀑布雨丝沾湿了思绪
铁索桥边漂流过喝彩
山道好滑路要走好

关切的目光别去拍卖

黄果树的瀑布安顺的风
冷却了岁月情怀不改
就算有缘我们同行
细雨轻轻润湿过苗寨

# 百鸟河情歌

碧静的小河缓缓淌过
洁白的白鹭尽情放歌
贵州的梅雨河边的脚印
怎一个情字可以消磨

百鸟河里筑起的愿望
苗寨的米酒醉红过花朵
多少的艰难跋山涉水
是你的呼唤支撑执着

河边的青草河里的清波
我用眼神感悟快乐
围桌饭香痛饮往昔
多喝一杯再来唱歌

小小的鸟笼多少的情意
你美丽的梦醒可曾为我
低下的头颅算是抱歉
一行热泪辩解对错

苗寨的歌声泡在酒里
苗家的情谊你对我诉说
夏夜的雨天依然寒凉

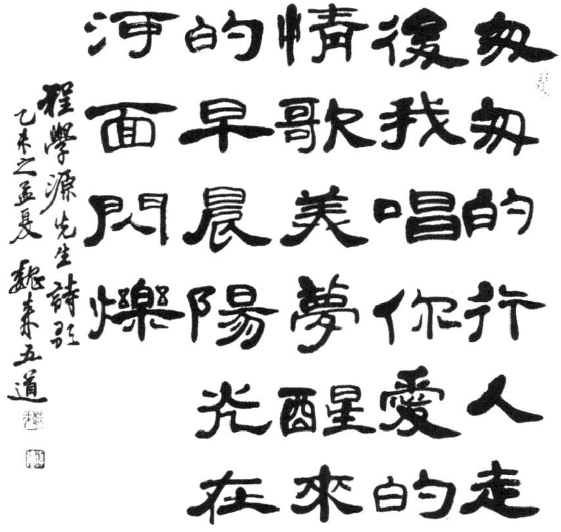


（日本）魏来五道　书

温暖的友谊没有断索

相聚匆匆别时依依
贵州的梅雨还在飘落
我用浓情为你祝福
用我的微笑燃烧寂寞

# 天堂西藏

木鱼在轻轻敲打吟唱
经桶在转动吉祥
幽幽升腾的白烟
隽永得如新月般明亮

我不曾遗忘这样的向往
也曾将冰山之父眺望
南迦巴瓦峰的瑞雪
洗涤着人世间的迷茫

鲁朗的碧水青山
藏民的幸福目光
红顶白墙的民宅
饮马河边的安详

我体验这天堂的灵性
高原的生命在歌唱
蓝天亦格外清澈
经幡在心中飘扬

我亦感受了死亡的逼近
雪莲花开
空灵如千千万万的朝拜

印证这生命的美丽和力量

巴松错的晶莹
纳木错的荣光
包容了多少尘世
见证了几多沧桑

我留连在大昭寺
留连在佛祖的身旁
我感悟众生的渴求
再一次将心房洗亮

米拉山口的艰辛
那根拉山的雄壮
藏族少女的歌声
嘹亮过红红的太阳

我驻足在尼洋河边
品味着这生命的多样
千年的巨柏树王
有你在　就有梦想

# 我终于用手摸到了蓝天

索道的雪境似梦般出现
玉龙山的风情美成了流连
有圣水吻过的你爱的地方
我终于伸手摸到了蓝天

风冷的时候太阳不远
再远的太阳你也会瞧见
可月亮的妩媚有谁去理会
有谁去阅读我潮涌的诗篇

我展臂的那刻你笑容走过
你可会诠释我呐喊的瞬间
你精心策划的那几个情节
我会用微笑去填充答卷

淡得连云影都没有的时候
我孤单成雪峰上静静的孤雁
我呐喊的尾音串过的山冈
你可要为我守候流连
我终于用手摸到了蓝天
就算笑容遗憾成雪莲
我终于用手摸到了蓝天
还想去倾听你表白的意愿

# 给你的诗

从天晴等到下雨
让我去欣赏你的妩媚
不敢仰望的视线之外
我明了你珍挚的傻气

天若知道天会放晴
心音如弦彩虹笑雨
你的守候和我的痴念
密密麻麻织成了诗句

喀纳斯的风光温州的点滴
阿勒泰的呼叫全幸有你
乌市的张扬　开不完的会议
是谁在梦中将我润湿

感恩生命感谢有你
收获的季节歌声唱起
吐鲁番途中的多少渴望
求你借我人生的春季

你总是笑笑低头不语
美丽的脸庞闪满了灵气
你在的时分就有阳光
有你的时分就有传奇

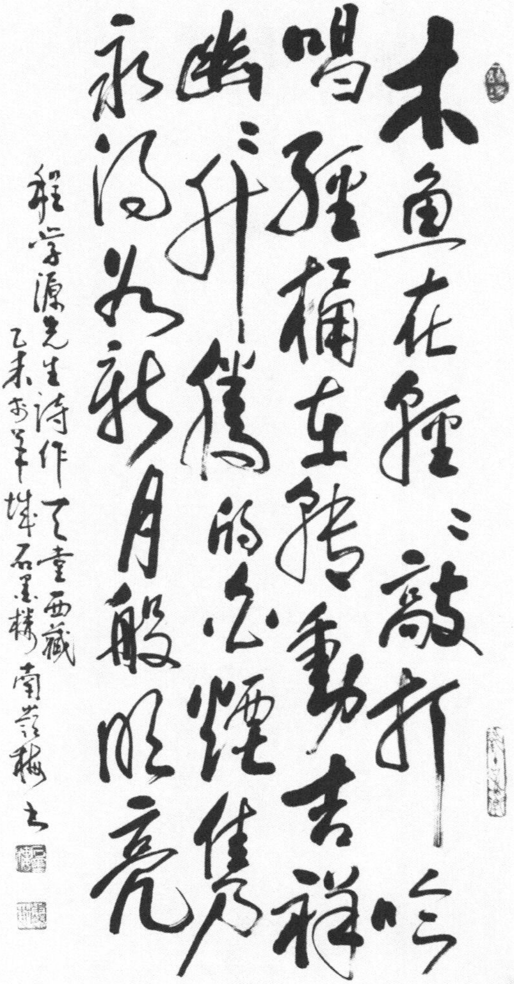

南岭梅　书

# 心在哪里安放

心在哪里安放
我亦曾经不安和彷徨
北国的高原
南国的海疆
母亲的叮嘱还在耳边
红领巾飘过的地方
曾经有过的向往
可是让人讥笑的轻狂
已经逝去的梦想

心在哪里安放
北国的歌声
南国的吟唱
大风过后的落叶
深秋来临的路旁
山岗海洋
汽车楼房
斜阳夕照
麦田稻浪
白云山上的月亮
广袤粤西的时光
算不算对江河大地的补偿
心在哪里安放

我奔走在企业厂矿
高效运转的电梯
热气腾腾的锅炉
星火勿近的气站……
火红的头盔下
汗水流过的脸庞
用心安去驱逐迷惘
摩天轮转动的游乐场
高空索道该注意的风向
站在五十米高的码头岸桥
也曾胆怯和惊慌
重托在肩
特种设备可还是安全无恙
我渴望百姓的幸福和安康

心在哪里安放
我也曾无数次考量
食品安全的监管
打假治劣的现场
把标准化作为战略
融入生命的血浆
创新的因子
引领着企业远航

质量强省的宏伟
一片诱人的硕果累累
认证认可
节能监管
还有民生计量
早已融入南粤的土地
像山的呼唤
如水在荡漾
滋润成经济的快速增长
多少次灯光下的推敲
多少次行走在企业工厂
年复一年
日复一日
总能迎来那金秋九月
让我和我的同伴们欢笑
无愧于这生命的质量

心在哪里安放
我也曾叩问让人敬畏的上苍
三五知己的相聚
衣食无忧的现状
卡拉OK尽情演绎的衷肠
展览馆里的流连

家庭影院的夜场
亦有佳肴美酒
亲人团聚的快乐
本亦算惬意舒畅
心可还会流浪

心在哪里安放
平凡之中去追求梦想
欢乐谷里的欢乐
秀美的田园风光
东部醉人的风景
来来往往的匆忙
特区的蓬勃
广州的辉煌
深圳湾的安祥
流金溢彩的珠三角之夜
旭日东升的上班路上
美丽的都市画卷
人来人往
熙熙攘攘
我欣慰
我没有缺席
我一直在场

心在哪里安放
多少壮丽返归的平常
我也想在辽阔的画卷上着色
共创人生的辉煌
我也想在蓝天下尽情飞舞
为百姓的幸福、祖国的富强
我也想让每一滴汗水都能滋润禾苗
让每一份辛劳
都格外芬芳
可我知道
路有高低不平
旭日艳阳的背后
亦有雨雪风霜
只要真心付出
即使像萤火在闪亮
心在哪儿
都可以安放——
她是生命的荣光

# 辑六 耶鲁的风

# 无题

耶鲁的美丽校园
鲜花簇拥着记忆
梦想轻轻地诉说
今又情为几许

曾经的同学少年
匆忙在康乐园里
也许已擦肩走过
时间偷走了秘密
也许曾慌张对望
不曾握住的诗笔
也许曾共赏满月
紫荆长在了心里
曾经的美丽少女
今日已装满了才智
举手投足之间
太阳也会着迷

我们漫步耶鲁
让青草分享呼吸
幸福的放学路上
可否续写传奇
路旁高高的大树

记录着阳光空气
曾经幸运的我们
同声歌唱今昔
想起遥远的珠江
小礼堂里的大气
多少门前堂燕
从此不再休息

耶鲁的美丽校园
今夜又下起了小雨
我们在聚首相会
月儿可会妒忌……

# 耶鲁的风

仲夏的凉风
抚摸而来
有一种快意
款款而至
如久违的日子
夏雨般潮湿
像你的笑声
别样的舒适

这是在异国
在耶鲁的街墟
在行人如织的午后
在我想念的旧地
想念如火的木棉
多少你在的话题
想念琶洲的斑斓
香飘满城的充实
想念熟悉的街景
一曲曲优美的旋律
风儿从心海流过
吹醒这沉睡的白雨

我知你踏歌而来

在这幻化成无题
我让风儿沉默
让思念牵手堆砌
让花儿盛大怒放
相信你能感知

我只是如常笑笑
亦无折折曲曲
相思树够不着的黄昏
听到教堂在唱诗
而我仿佛又望见
你石榴色的裙子
风儿吻过的空间
树上结满了果实

# 月色梅红

风雨飘零的晚上
你唱你的月光
优美动听的旋律
月亮照暖了梦想

在回耶鲁的车上
将你的歌儿欣赏
真挚动人的声音
不曾将美丽张扬

我的客家姐妹
柔情还带端庄
海风吹过的岸边
多少留恋遐想

你的名字如诗
冬季里带来阳光
你的名字如你
笑意温暖了心房

多少最后的坚持
只因你给的希望
多少彷徨的步伐

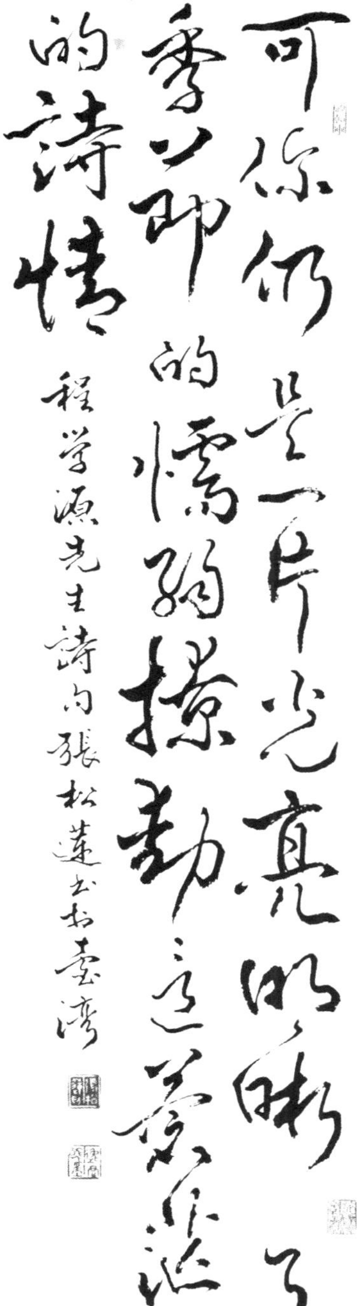


张松莲　书

你给春天导航

我知现在是初秋
景色一片金黄
冬天冰冷的时分
多少人将你盼望

梅花红了的时节
我们会回故乡
你的城里月光
将会更令人怀想

# 纽约的七夕之夜

夏雨飘在陌生的纽约
飘在似曾熟悉的雨夜
飘在你我分隔的七夕
还有喧闹的五十二号大街

漫步在这迷茫的雨中
玩味因你没在的残缺
眼前晃过的几多情侣
已经无法将思念堆砌

在这七夕遥远的美国
江边的呢喃可还温热
今夜是谁在痛饮桂花
牵手织女有谁能译解

你的白天是我的黑夜
我的夏天是你的季节
曼哈顿的繁华海心沙的风光
因你的缺席而黯然失色

哈德逊河汩汩前流
挥手之间她可会凝结
昨夜梦里你在的那刻
江面漂满我爱的红叶……

# 师姐

你是康乐园里的一个传说
是风雨凉干过后的经典
是青葱岁月的宠儿
高山仰止
一首传唱的歌

我们从你走过的小路走来
从你呆过的惺亭走来
从你翻过的书本走来
从你流连的东湖走来
从你舞过的曲子走来
从你写过的小诗走来

我们用追随表达喝彩
我们用仰望铭刻时代
我们穿行在你走过的时空
却穿越不了你思想的钟摆
我们望见了你美丽的背影
阅读你思想深处的鲜花盛开
我们捡拾着你大树底下的果子
牵一手风筝
奔向大海

我们曾是小礼堂里偷看的男生
是课堂上解不出题的意外
我们是大礼堂里不敢牵手的舞伴
是中区草坪上不敢赴约的男孩
我们曾向着珠江高声呼喊
涨红着脸庞却说不出爱

岁月流金
曾经的向往
光阴不再

风采依旧
曾经的我们
可否重来……

# 挥别耶鲁

挥别耶鲁要回故乡
我们今天就要起航
红色塔楼古典的校道
耶鲁的初秋斑斓漂亮

我们在这勤奋学习
知识的殿堂鸟语花香
我们在这苦苦追寻
斜阳夕照歌声嘹亮

我们沐浴于光明和真理
那是人类美好的愿望
我们执着于和谐与发展
中华民族崛起的梦想

晨风吹走了多少彷徨
远处又传来琴声荡漾
挥别耶鲁敬爱的师友
来日欢聚美丽的东方

挥别耶鲁要回故乡
我们的故乡在白云山上
转型升级任重道远

木棉花发　奋发图强

车轮已转动汽笛鸣响
带笑归去我们要起航
为了祖国美好的明天
向着我们胜利的方向

# 伏尔塔瓦河

我的伏尔塔瓦河
在想你的心上流过
河水拍打的岸边
风中的玫瑰如昨

匆匆的行人走后
我唱你爱的情歌
美梦醒来的早晨
阳光在河面闪烁

徐徐吹来的晨风
如你亲切的抚摸
船帆渐渐地远去
淡去了我的欢乐

有梦我不愿醒来
不抱怨岁月蹉跎
河水在汩汩流去
青山却没有沉默

有你就有了世界
有你就江河扬波
天边又飘来云彩

如你的浅笑朵朵

点滴的情怀背后
你可会帮我润色
岸边玫瑰要凋零
你可会惦念如我

古堡幽幽的深处
斜阳涂新了过客
天边飞来了群雁
嘲笑相知又如何

可蓝天不会作答
河水也不会干涸
我抬头望向故乡
满眼是温暖的歌

美丽的珠江两岸
燃烧着爱的灯火
提醒我迷途知归
别再寂寞地漂泊

我已从风中走来

怀揣你美丽祝托
我定会顺河东去
步向你在的祖国

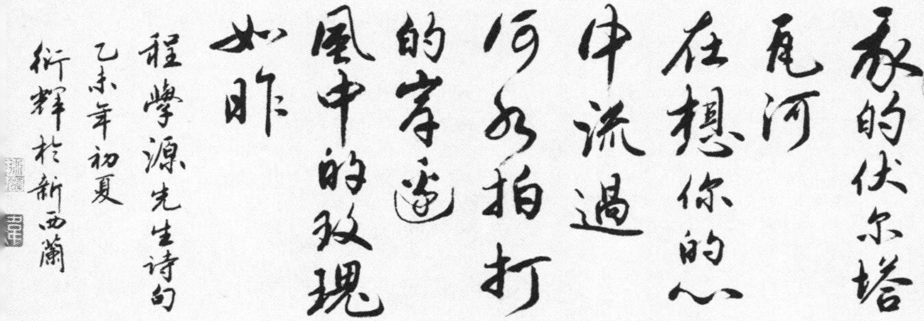


（新西兰）韦衍辉　书

# 巴黎想你

多少次传来你热情的声音
多少次我说我没有心情
月明星淡的多少次约会
我推说有事总没有答应

而今在巴黎这次冷冷的早晨
我多想多想听你的声音
巴黎想你塞纳河想你
今天我深知谁离我最近

你先是笑了像落叶的秋景
沉默了良久才问我的归程
残雨冷月你嘱我多保重
还说你真的真的真的很开心

我知你语气有些激动
让我去收集这遥远的诗情
凡情俗世和所有的牵挂
如风中的暖阳让我会去品评

我在勾勒你随意的笑脸
还有你不敢拥有的憧憬
我走遍巴黎的所有精彩

却没法找寻那浪漫的脚印

有法国的少女微笑地走过
而没法走进我此刻的虔诚
卢浮宫画廊不尽的传说
会因你的想念而格外逼真

# 翡冷翠的今夜

翡冷翠的黄昏一片金黄
酒香飘满这众多的长巷
漫步在街头我们是风景
约会的姑娘在东张西望

小狗很丑在摇摆着短尾
偶尔也露出善良的目光
穿黄衣的少女骑单车走过
抱小狗走入另一条长巷

长巷很长留黄色的背影
晚风吹来异国的幽香
姑娘回头如带雾的月儿
抛一抛秀发由你去猜想

古旧的巷里装满了典雅
冷清的店铺染满了斜阳
志摩的情诗已风化成冬树
伫立在巷边由风儿去歌唱

我尽力去捡拾当年的残片
现实在幻化我曾有的梦想

生生不息的大千世界
所有的精彩时间会收藏

生命的美丽是永恒的主题
翡冷翠的暮色美丽得迷茫
我流连的脚步已忘了归途
翡冷翠的今夜会别样安详

# 守候在墨尔本

守候在墨尔本企鹅岛的港湾
墨绿的海水轻拍着海岸
轻拍着我心安静的等待
寒风吹动我美好的平凡

企鹅尚知巢穴的安稳
浪迹的游子几时可还
澳洲大陆最艰难的尽头
夕阳在润湿我淡淡的思念

天空无语海水清唱
我梦般的视线为何很远
傍晚的灯光依稀的归宿
人生就这样收获着感叹

企鹅回来了成群结队
夜的海景把精彩铺满
我潮湿的眼里为何有泪水
驿动的心啊可还在呢喃

年少的梦里有几多缤纷
寒风吹碎过多少梦幻
为何我的故乡总在远方

远方的守候有谁在作伴

企鹅回来了还唱着歌儿
明日的海面有我的风帆
安静的守候有你在赞赏
再深的寒冬也有温暖

# 陪着走

轻握住我的手
我知你需要
关注的视线外
枫叶红遍了

红尘世间事
你说你的笑
澳洲阳光下
我要你陪着走

风吹朦的奢想
看袋鼠尽蹦跳
丢失的几分猜测
留火鸡在寻找

都市的星夜渺渺
你的想法太糟
夜巴黎的些许风情
在丽晶的饭市之后

我用一些糊涂
让歌儿稍迟跑调

程学源　书

你斜头淡笑的诡秘
我遭遇世事难料

你给的些许执着
让美丽多加关照
黄金海岸的景色
几时才不会打折？

## 哥本哈根，我为想念而来

我为想念而来
面对你给的无奈
太阳躲在了雨后
风雨演绎着情怀

我为想念而来
就算你会离开
谁在风中倾诉
雨在为谁徘徊

我为想念而来
就算你不理睬
安徒生里的童话
卖火柴的女孩

我为想念而来
就算你不等待
新港酒吧街的寒暄
让冷风冷雨走开

我为想念而来
皇宫的哨兵还在
不准停止的步伐

美人鱼游过了大海

我为想念而来
就算我会离开
装满故事的城堡
诗句美丽了现在

我为想念而来
鲜花为谁盛开
哥本哈根会作证
心境在为谁更改

我为想念而来
也为美好的期待
我为想念而来
将来你会明白

# 暖色尼罗河

我不知道尼罗河的水流淌了多久
从少年的向往到今日的痴心
我不知道尼罗河的岸上有多少风景
从孟菲斯的故事到斋月的风情

我知道久远的步伐已悄然流走
是谁在睡梦中还唠叨着年轻
我知道日月太沉岁月太久
金字塔镌刻着你依稀的倩影

我知道我读不懂你那无垠的荒漠
可我知道我能读透你迷离的眼神
我知道我读不懂你那笑容背后的无奈
可我知道我能领略你那风一样清澈的声音

唐城的韵味还有王府的精明
告诉我是谁剪落了一幕幕撩人的意境
柔软的海风闪烁的波粼
有谁在阅读汹涌过后的那份平静

我没法计量所有这些日子的心绪
只知道遗憾跌落在夜色的河心
我没法检测今夜的虚实

只知道该收藏眼前的宿命

所有的往昔都演变成了今夜
而我却徘徊在今夜不想早醒
你还远吗？纸莎草记不下的那些颜色
相信吧，我会补上让你独听

我依然坐在尼罗河的船上眺望
可为何满眼都是年少的心境
摇曳处为谁停留　甜梦中为谁驻足
告诉我吧，我是否还该继续前行

（比利时）陆惟华　书

# 冷色紫薇花

美丽的紫薇花开满了约堡的大地
浓浓的紫色绽放着淡淡的妩媚
我漫步在冷清的大道上感受南非
感受紫薇花和因你而带来的美丽

多少曾有的美好和年少的无邪
像眼前的紫薇花就要被绿叶代替
在这春末夏初有太阳的日子
多少的心愿已随花儿洒落在地里

别问我紧锁的眉头和该锁的情绪
看白人的别墅和有关电网的距离
紫薇花再美也美不过街头的歌声
自由的黑孩儿凭舞姿让你着迷

黑孩儿是约堡的主人是另类紫薇
而我是你心中那早已陈旧的诗句
阳光下的那片阴影属于谁呢
为何总在开花的季节却被忽视

我知约堡地下有黄金还有钻石
可美好的东西总绽放在心里
我惆怅的心田秋季会失收吗

天上又飘来有紫薇花香味的雨滴

什么时候让我再见这约堡的妩媚
什么季节让我再分享这紫薇的生机
我慌乱的步伐缠满了你送的疲惫
好望角放飞的问号何时能被拉直

# 罗卡角　风吹的方向

这明明是海的尽头
才得以从蓝蓝的波光中上岸
在紫色的花儿盛开的地方
已是欧亚大陆的开场

风吹过来一阵肃穆的感觉
低头俯身往下眺望
浪拍岸边咏唱着夕阳
在我笑过之后想你的地方

罗卡角呀罗卡角
什么时候你被误解成了尽头
让你迷失了身份和方向
让东方的荣城背负了你的梦想

我想起了五百多年前的探索
想起了那些殖民的启航
想起了那些因罪恶而终的掠夺
你算是在最东方还是在最西方

夕阳淡淡地洒在我的身上
长长的倒影被风儿吹凉
我转动身躯往东望去

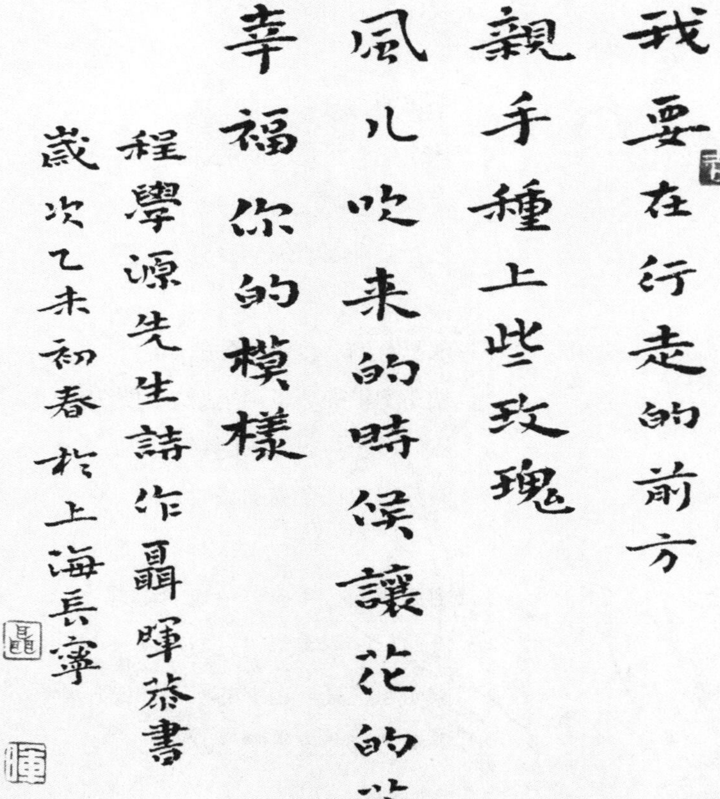
我要在行走的前方
親手種上些玫瑰
風儿吹来的時候讓花的芬芳
幸福你的模樣
程學源先生詩作聶暉恭書
歲次乙未初春於上海長寧

聂晖　书

成山角的荣城你今怎样

千年的古城百年的古堡
沐浴的何止是文明的绽放
安静下来吧　再安静一些
天上会升起明媚的月亮

从巴黎的寒冷到巴萨的炽热
从马德里的尊贵到里斯本的迷茫
我们漫步在历史的画卷
阅读遗留在今夜的长巷

别笑我的心绪在多余地躁动
撩动起这罗卡角的另类别样
撩动起这冥冥之中的尽头抑或开始
告诉大家今夜风吹的方向

# 辑七

# 总想读你

# 你的模样

我该怎样去猜想
在花儿盛开的方向
在你出现的那刻
美丽孤独地登场
在你回头的那瞬
我看清了你的模样
看清了你浅浅的微笑
还有那淡红的衣裳
看清了你长长的发辫
还有那美丽的脸庞
看清了你洋溢的大气
还有那淡定的目光
看清了你坚守的执着
已经盛开的理想

可你还是笑着走了
拥一路的花儿芬芳
你执意留给了季节
让春天迎接那朝阳

我动荡不安的注目
你可曾将它遗忘
我心中默然的祈祷
可曾抚摸过你的安祥

视线之外的广阔
你是否还忆起咱故乡
慌乱的回眸刹那
谁安慰这高贵的惆怅

多少情愫在打结
多少旅途的回望
抬头望天的人啊
有过多少的迷茫
难以释怀的疑问
交给了天使的翅膀
有谁能携我高飞
让人生从此吉祥

肩膀上停留的云朵
大海里翻腾的白浪
小提琴演奏的曲子
我们品味过的花香
徐徐的晨风吹来
翻阅这无奈的诗行
当我再次醒来
可还有你的模样

# 你的歌声

纵有满腹诗书
亦难找到一个角度
让你的微笑
像雪莲盛开
在有风的冰山下
独舞

让你的歌声
淌过艰辛的河流
洗去掌声过后的
孤独

我们喜欢
听你的曲子
品你曲子里的
远古
我们喜欢
看你的样子
轻轻撩起的双手
那是爱的
倾诉

远方的天空

云彩已荒芜
单调的深蓝
蓝得无助
清风又吹来
你的歌声
让我们收获
秋天的羡慕……

# 总想读你

相遇是如何的熟悉
淡淡的微笑总也投机
红唇印过的酒杯边上
曾是多少珍藏的回忆

总想这样凝望你
看你的微笑读你的叹息
轻轻掠过的那一缕惆怅
了却了多少难捺的心思

风中雨中我走了千里万里
总还走不出你的美丽
走不出你投下的些许关注
而我的关注早已是多余

我喜欢你透彻的目光
透彻之外的舒服心绪
老天有眼造物偏心
精雕细琢全都给了你

你可知风情万种的千古佳话
多少的争斗也失去意义
你的出现让风景更美

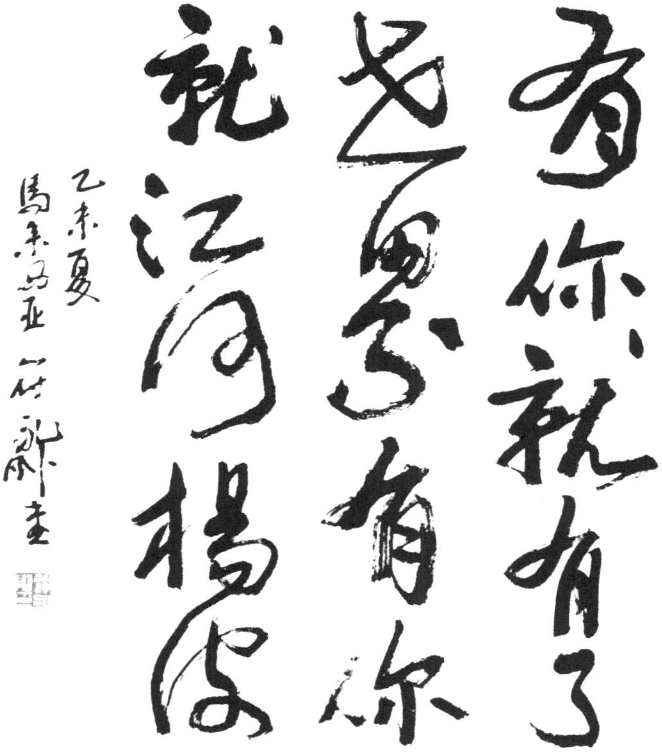

（马来西亚）符永刚　书

风中的白杨也生妒意

我知这是美好的一瞬
早晚你要笑着消失
你的天空可会有我的影子
阳光下读我伤心的故事

# 让我就这样看你

让我就这样看你
在没有鲜花的路途
看你浅蓝色的忧郁
没有阳光的孤独

让我就这样看你
在有歌声的路途
听你目光下的随意
没有回音的脚步

有你的时分天该很蓝
白云的思索也会裸露
不冷不热的天空有我走过
而我在检测友爱的温度

我知该走了踏上了归途
记忆的磁盘我会去阅读
满眼的荒漠有小草点缀
有谁会润色我们的相处

海上的波涛已经久违
海边的城市已打来传呼
归去的路途我知很远

些许的泪滴权当礼物

让我就这样看你
风儿也在减速
让我就这样看你
看你给我的全部

# 我不想给你写信

我不想给你写信
要写的难以说清
仲夏的太阳太热
甜蜜总难于布景

我不想给你写信
信笺装不下伤心
仲夏的月亮太美
迷离得不像天晴

我不想给你写信
只想听你的声音
荒漠的小花开时
请浇上我的爱情

你还在低头沉默?
香发遮住的晶莹
凉风吹来的那瞬
可阅读我的诗心?

你用脚在地上画圈
是想将心思表明
我读懂的那些思念

冷季可还会结冰

我不想给你写信
失落的难于抚平
我不想给你写信
潮起潮落我独听

# 我想将电话关掉

我想将电话关掉
在情感的独木小桥
风吹河边的花瓣
掉落在水面轻漂

我想将电话关掉
让我独走这小桥
风大浪浊的早晨
牵挂绿成了小草

雨雾迷茫的时分
我独守这座小桥
心口处为你眺望
伴寒风独自消瘦

多少痴情难了
岁月会说我可笑
可生命美在缘分
谁在乎世事难料

我想将电话关掉
反正你不会呼叫
我知你已经躲开

不愿受我的烦扰

我想将电话关掉
泪水会浸没小桥
河边的花儿开时
夕阳也分外妖娆

我想将电话关掉
让河水漂走小桥
我恋在桥的上面
含泪在为你微笑

# 近了你，我怕你燃烧

在这冷暖不定的时节
夏的白昼会融化冬的月夜
近了你　我怕你燃烧
远了你　我怕你冻灭

我徘徊在你的视线的极限
让你能看见我的摇曳
能阅读我模糊的呼唤
和你生命中的痛结

我召唤一片云海
将你的昨日穿越
可转眼间我们都已老去
只剩下一片残阳如血

我逃离在离你不远的地方
静听人生这凄美的音乐
我抬头望向你的天空
孤独得只剩下蓝蓝的残缺

在这样一个荒芜的年代
仿如只剩荒芜的世界
在我安静的心神之外
你可还会善意地拒绝

# 我们

有一种感觉
拂过我心的长街
在你的笑意里
开出了满山的红果

有一种许诺
溢满我梦的角落
在你的寄托中
流成了汩汩的长河

我们的交往
像风儿吹过的蓝天
几朵撩人的白云
在有花的季节里诉说

我茫然的视线
种满了你的青稞
春天的那几盏酒香
你可知是在为谁捕捉

你潮湿的歌声
滤过我乳白的月色
白纱般的隐逸

我飘舞过的山山间盛开山茶
我飘舞过的河流有泪飞洒
我飘舞过的田野稻谷飘香
我飘舞过的岁月成就童话

程学源先生雪飞花诗句区本书

（新西兰）区本　书

你可知有多少心事包括

我们的关系
像秋天般靓丽
风儿翻飞的枫叶
在芬芳的黑土里沉默

我们就这样对视
目光凉在寒冬的淡泊
我们就这样僵持
花瓣在泪光中悄悄飘落?

# 女人

是春天原野中摇曳的花朵
盛开在人生的春夏秋冬
是蓝天下清澈的湖水
倒映着生命本色的隆重

是寒冷的早晨喷薄的太阳
诉说着温暖的故事
是远行游子背囊中
关于家的真切的梦

你是长江源头潺潺的流水
生命的色彩因你而翠绿
你是黄河边上呐喊的号子
金色的田野吻过的微风

你是春天枝头喧闹的喜鹊
世界因你的歌声而跳动
你是秋天远山连绵的金黄
男人的帅气因你被尊崇

你是画呀
你是诗呀
从童年到老年

你是男人永远的天空

你是生命之泉哪
从长河走向落日
你是美丽之源哪
从低谷走向生命的巅峰

# 喜欢有你的影子

喜欢有你的影子
在月亮的光辉下
侧脸的低头微笑
有风从林子深处吹来
撩动你的发辫
吹来淡淡的女人香
在静谧得有点黑色的今夜
你仿如圣洁的神明
安静在离我很近的那边

我看见你一如我喜欢的样子
看见你点缀在我的视线
我有点感动的神态中
你依然没看我一眼
可我还是喜欢这样的一个图画
这样的独立的一个空间
喜欢这样的灰蒙的图片
喜欢这样的静默和无言
你一定在责怪我了
你的影子在越来越远
留下的是一道风景
让我去回忆和怀念

而今在这坎坷的夜晚
我在祈祷和眷恋
人生是如此无奈
太阳在月亮的那边
岁月如梭的日子
老了的何止是容颜
老了我敏捷的画笔
还有发黄的诗笺

我已经无能为力
阻止不了这世界的演变
我已经可以预知
月亮将越走越远
在天亮到来之前
你会逃离我的画面
我只能死守在这里
发表这一派胡言
我只能去猜测
这期待的无边
可你依然侧坐在那里
一如我喜欢的样子
一如我想说的话儿
你都清楚能听见……

我喜欢有你的影子
陪伴在我孤独的梦边
我喜欢有你的影子
静静地出现在我的面前

# 妈妈

风在轻轻地吹过
撩动妈妈的白发
风儿吹过的时候
妈妈安坐在那里

妈妈炯炯的眼神
多了几份惆怅
黄昏的光亮深处
妈妈安坐无语

我强忍内心的忧伤
强笑着逗妈妈嬉戏
如同年少的时候
妈妈逗我们欢喜

我说妈妈像女王
还比女王大气
妈妈曾经的歌声
给了我多少鼓励

多少我气馁的时刻
是妈妈给我信心
多少我失意的日子

是妈妈给我勇气

多少次我想放弃
是妈妈教我坚持
多少艰辛的日子
是妈妈把家撑起

我说妈妈像女神
却比女神美丽……
妈妈微笑着点头
眼睛还带忧郁

多少沧桑的岁月
刻在了妈妈的脸上
多少时间的无情
让妈妈的容颜老去

我凝视妈妈的脸庞
试图给她鼓舞
我向上天乞求
让妈妈多多坚持

妈妈却依然沉默

就会安坐在那里
任凭美丽的花儿
开满了屋旁的空地

任凭春天的微风
轻吻她的容颜
她只是轻轻地点头
将时光留在了心里

偶尔妈妈也笑
也许将幸福捡拾
甜蜜的笑意飘过
安慰了我今天的记忆……

## 您依然守候在这里

海水刷新了记忆
海浪摇荡着心思
岁月刻录的风景
今夜却格外清晰

您那真切的微笑
像一面不落的旗帜
多少辛酸的后来
我依然高扬在手里

您那爽朗的笑声
像鼓点擂响在战地
给我必胜的力量
去面对世事如棋

多少冰冷的黑夜
您把光明燃起
扶我走过了坎坷
教我人生的真谛

我翻开记忆的相册
读着走来的履历
每页每行和每句

染满了您的气息

多少次我在徘徊
多少遍我想放弃
只因描绘的梦想
我没敢让她潮湿

我想起了珠江水暖
也忆起康乐园的美丽
更有党旗下的誓言
我用践行去铭记

我凝望北斗星辰
勇敢地面对自己
莲花山可以作证
仙湖水为我诠释

您教的那些词语
我用忠贞堆砌
您教的做人准则
花儿已开满了四季

您教的那些数学

我填写在丰收的表里
您教的每句外文
我用尊严去翻译

您教的动听曲子
还有那唐诗宋词
所有您哺育的时刻
都是我一生的福气

曾经的血气青年
今夜已无眠和感激
蓦然回首在诗外
您依然守候在这里……

# 你说瘦了才来看我

你说瘦了才来看我
还说你不再
是你的当初
岁月很瘦
指尖太阔
花好时节
是谁错过

就算我是浪里的风景
风儿吹来
浪花几朵
可你曾是朝霞
倒影在我的心海
霞光万丈的一抹

你说瘦了才来看我
我也早已不再
英俊如初
心海里的那一片白帆
留下的远影
有谁珍惜
有谁捉摸

可我还是相信
海的风情
曾经的炙热
亦曾燃烧
如怒放的三角梅
风雨之后
更加婀娜

求你别再追问
夏夜之后
我的身姿
我的故事
我的思念
是怎样的一种颜色
让你牵挂沉迷
转身之后
究竟值不值得

你说瘦了再来看我
丰满的故事
沾染了痴情几多
任由岁月评说
浩瀚的星空

就如你我的距离
守望却不能相助
空有这夏夜的风景
让美丽沉默

我仿佛看到
最美的群星
我把手举起
企图摘下几颗
一如当年我还年少
看到了星星
却不敢肯定
是否是你
执着地闪烁
剩下了一片空旷
一片辽远的空旷
让我去感知
什么叫错过

红色的三角梅
盛开得如痴如醉
年年月月
让我阅读有你的记忆

任由你的影子
在花海之外
作客

当夏天又一次来临
当思念灿烂如火
当诗歌已将你润湿
别问我这是为何

# 附录／一个时代的心灵独白

◎刘迪生

烟雨曲巷，有位佳人，明眸皓齿，婉转清扬；蓝天白云，几行绿树，几间瓦舍，风日流丽……诗中有画，情韵悠悠，色彩雅洁，自然明丽，意境高远。

是椿萱之荫庇和遗传呢，还是中文系学子的嗜好？诗歌似乎成了他肌体的一部分。他热爱生活，赞美红尘，陶醉于美丽的自然风光，探寻人世间的非常岁月，“行到水穷处，坐看云起时”，对自然美景，对尘世生活，他不仅自己要欣赏，还要与众多的朋友分享，于是眼底风华便成为了诗行。高山大海、绝壁枯藤、孤村农舍、斜阳穷巷、桦林碧溪、田畴沃野……这一切都是他灵感的源泉。

也许是在大都市生活得太久太久，目光在市井走累的时候总想逃离车水马龙的钢筋混凝土森林；尽管高楼大厦、霓裳羽衣也堪国色，是人生的旨趣抑或是审美的偏爱吧，程学源的诗作远离浮华与喧嚣，追求从容与淡定，浓密厚重地渗透着中国传统文人豁达的山林情结。

然而，说程学源是中国传统文人是远远不够的，因为他的不少作品更像西洋油画，物象在此启示它的真形传神，流露他的手法与个性，使我们直接窥见诗人心物交融的刹那。情景交融的画面，以其节奏、速度、刚柔、明暗……挥洒凝结的东方志士风范，有如弦上的七音、舞体的曼妙，体现出诗人的心情，体现出诗人幽深静谧的诗魂飘逸。程学源欣赏这个时代，他是时代的歌者。他的梦想，他的追求，他的家国情怀，自然而然地建构在他的字里行间，那么真实地建构在他心灵的旷野。我以为，他的诗歌呈现的不仅仅是他个人的喜乐和忧伤，与此同时，他书写的是这个时代的心灵幽趣。

清末学者王国维在论及文学与时代之关系时，在《宋元戏曲考序》曾有“凡一代有一代之文学：楚之骚，汉之赋，六代之骈语，唐之诗，宋之词，元之曲，皆所谓一代之文学，而后世莫能继焉者也”之言。在文学表达的历史发展中，其形式需要随着时代而不断丰实、嬗变，而各文学形式所表达的亦是“一时代有一时代之内容”。

文学向来就是人类精神的圣地，从混沌浑荒伊始，无数人对它膜拜朝圣，表达着自己对于灵魂虔诚的皈依。它虽抽象却真实地记录着各个时期人类的精神活动。而作为人类智慧与情感的结晶、语言浓缩的精华，诗歌以其语言的精练以及思想的深邃，在文学之中闪烁着其独特且夺目的魅力，成为文人墨客寄托情思的精神家园。诗，是描述时代的最精练的文学；歌，是表达时代的最铿锵的声音。“一时代有一时代之诗”，与其他艺术形式不同，在各个时期涤荡着不同的内容与情绪。作为与诗人程学源同一时代共呼吸同运命之人，我对他的诗歌有着一种无须言语的时代通感。

倘若从事其他方面的行当，天性根器迟钝，尚可“勤能补拙”，然而努力与勤勉却不能成就诗人，天赋是作为诗人的根本。程学源无疑是有诗才的，且勤奋，著有诗集《飘洒的心雨》、《心灵风景线》、《让我就这样看你》、《新晴》、《百年期待》（合作）。曾参与写作《校园思辨录》一书。他是中山大学学生刊物《求进》杂志的创始人之一。诗集《百年期待》获广东省第六届鲁迅文艺奖、广东省第八届新人新作奖。《飘洒的心雨》获第二届深圳青年文学奖。这足以佐证他的诗为何充满自然的灵魂与厚重的思想了。

生活不止眼前的苟且，还有诗和远方。庸常的一生中，如果能有诗相伴，是一件幸福且深具情致的事。好诗入梦来，夜与诗的相遇更当是一次灵魂的洗涤与思想的奇遇，于夜深人静之时更显玄妙与美丽。相较于当下流行的“快餐文化”，诗歌更像是茶，需要细细品味方有绕梁三日那丝丝缕缕的回甘回韵，程学源的诗，语言灵动，是须以歌的形式诵出，方能体会其灵、其动、其玄妙的。

霞光、梅红、水边等充满生活与自然气息的诗歌意象，就这样随唇齿震动而闪现在我的眼前。程学源诗歌的文字抚平了夜的孤单与枯燥，同时亦是对我日常生活中纷乱了的内心的观照。我仿佛不是在读诗，而是走入了另一种不曾体会的生活。我走入了一个不曾到达的境界，在那里，我与另外一个自己相遇，既陌生又熟悉，有几分美感，几分亲切，亦飘结着几缕若有似无的惆怅。这些诗句，仿佛就在那里，如一壶茶或是清酒，温暖了我的思绪；又如偶遇知己老友，充满着感动与惊喜。

夜深无眠，翻开程学源书稿《你的模样》，倏然之间为这几首诗所吸引，懈怠与慵懒一下子消遁于无。孤黑的夜仿佛被诗人点燃，乏味的夜景也显得立体且有质感起来。在色彩的运用上，“霞光”的红色、“月色”的梅红、“夕阳”的金黄等，与一个个真实可触的景相映，如《月色梅红》第一节就写到“风雨飘零的晚上”，第二节却是“在回耶鲁的车上”，第三节则是“海风吹过的岸边”，有形的场景与抽象的颜色的叠加、重复、生衍，共同构建了一幅立体且极具色彩感的画面，诗歌的“绘画美”跃然眼前，充满了艺术张力与视觉冲击。

诗言志，歌永言。无论是理论派或是情感派，其内容一旦被赋之以诗的外衣，便平添了几分浪漫与美丽。庸常、浅白、直接的生活，在诗人的笔下，便拥有了其多思多情而且无奈的真实与深刻。我想，从某种意义上来说，诗人程学源的成功，在于他善于用自己的思想、情感和语言的张力、创造力紧密而有机地结合起来。如“黎明的霞光/沸腾了我/对你的想望”，赋予黎明的霞光以人的力量；又如“我掬一手慵懒的湖水/让它在晚风中畅想/你笑容的芳香”，情景交融，物我合一；再如“你的名字如诗/冬季里带来阳光/你的名字如你/笑意温暖了心房”，如此别致而又耐人寻味，从而构筑成一座座语言的雕塑，并以美丽的姿态向读者呈现。

《黎明的霞光》这首诗色彩浓烈。它有着小说的内质，同时兼具电影表达的画面感，但这些首先是散发自诗意之中的、语句平实却夹杂了精神与心灵的色调表达，情真意切却不哗众取宠。有些句子不禁让人击节叫好，不经意间令人动容：“鲜活的片断/潮水般涌来”“黎明的霞光/沸腾了我/对你的想望”等。我最喜欢这一句：“如果月儿知道/亦会回头张望……”它们虚无得像雾像云又像风，更像是一个延绵温柔、令人迷恋的梦，但又那么真实地触碰着我的情感，像某部电影某个突如其来的镜头，触目动容而又隐于诗人看似不经意的笔触之中。

抒情方面，程学源更加直白、大胆与奔放。如“这是如何遥远的世界/表面的平静依旧/心儿呀/漂过重洋”，呐喊般直率地把诗人的内心对自由、对情感的渴望表现出来；“我不在白天里流浪我会在夜里/驻足品味你在的时光”，直言不讳地把自己对“你”的爱意表现出来。这些浅吟低唱般的心灵独白，既有古诗的意境，又充满着现代语言的铿锵直接，在抒情达意的同时毫无造作。这更加符合现代人对诗歌的审美要求和阅读习惯，在情感响应方面，更加拉近了与读者的距离。

《东湖水边漫步》《从今天开始》的叙事元素比较浓郁，其中充满生活的深度体验，细节、场景、情绪、人物、心理活动等等都有。它们扩展了诗歌的宽度，纵深了诗歌的厚度，将它带入“寻常生活”之中。艺术源于生活而又高于生活，这在程学源的诗歌中得到了生动的表现。他将“阳春白雪”融入生活之中，赋予生活以美的意境与诗情。也许生活就是一首诗。用诗意的心情去拥抱生活，生活里处处遍布诗歌之美。

读《从今天开始》，使我想起了海子的名篇《面朝大海，春暖花开》里一开始的那句：“从明天起，做一个幸福的人。”不知道诗人是否喜好海子的诗。风、海水、月光、异域风情，以及随海浪一起涌上的诗意，诗情与意境仿佛带我抵达了一处从未到过的美境，令人沉醉不思归路。好的诗歌需要懂它的人，于诗于诗人与读者，都是一种可遇而不可求的幸运。夜深而愈加清醒，借由程学源的诗，我得以放下纷杂繁冗，躲进心灵中沉静的一角，领略自然的美，感受异域的风。辽阔的世界啊，在每一句诗里，只剩下你和我，让人觉得自由豁达而又生动。

城市工业化的路途中，当所有人都在为生活而狂欢和奔跑时，得一僻所能够安静地读诵诗歌，我深感不易与庆幸。此刻，把自己安静地交给夜晚，交给了这几首诗歌，交给了这一片诗情浸染下温柔多情的夜空。我并无能力评价诗人的才情，但这些诗句却真实地让我动情，以至于窗外的月光，也显得温润起来，潮了我的眼睛。这个世界总有一份神奇与惊喜藏于某处，等待那个相知的人去拜访和尊重。这个世界很大也很小，大到我们一辈子也走不完这山川美景，小得我们永远走不出自己的心灵。这些感受，一首诗所带给我们的精神体验与心灵动荡，就足以说明，好的诗，带给我们的都是惊喜，原来，还有这样一片美景。

谢谢你，诗人。今夜，是你为我送来了一股清爽的风和一轮明月，让我的心境得以平实与平静起来。人的心灵世界，多么需要被这种平实与平静安慰与拥抱啊！

“生命之中黑白的胶片/灵动却又泛黄的笑脸/有你低头瞬间的妩媚/映照年少赤裸的无眠”，程学源的这首《风吹木棉》，两年了，一直“安放”在专业文艺网站“文狐网”现代诗歌排行榜的榜首。

“心在哪里安放/平凡之中去追求梦想/欢乐谷里的欢乐/秀美的田园风光/东部醉人的风景/来来往往的匆忙。”默读程学源这首《心安放在哪里》，使我突然想起了一句诗：“你站在桥上看风景，看风景的人在楼上看你。”

呵，青山在那里，高楼在那里，蓝色的天空在那里，充满诗意的大地也在那里。北国的歌声。南国的吟唱。大风过后的落叶。深秋来临的路旁。山岗海洋。汽车楼房。斜阳夕照。麦田稻浪。纽约的七夕之夜的月亮。你在诗中寻找着故乡的风、故乡的情，诗人用他温情的笔，凭着对故乡的热爱与依恋，为你画出了梦中的风景，也为冷硬的工业化时代注入了一丝人文风景。

程学源的诗里歌里，刻画着你的模样。美丽的风景，要用美丽的情怀才能欣赏。

（作者系广州市作家协会副主席、《岭南音乐》副主编）

# 后记 / 你就在我的诗里

这是我个人的第五本诗集，原以为要再等五年后结集出版的，但考虑到近年来写诗的节奏在放慢，虽有灵感在不停地跳动，但惰性也像这变凉的天气，步步加深。尤其是产量在减，质量亦未必有新的突破，照此下去，便担心在将来的某一天，连再出版这本书的勇气亦没有了。毕竟，岁月不饶人，诗歌，她永远属于年轻人，属于爱情，属于春天，属于连绵的雨丝……当然，我亦知道，诗还属于夏季里累累的果实，属于南国冬季里温暖的朝阳，属于秋天瑟瑟风中的片片落叶……

很多人问我，工作这么忙，你还写这么多的诗，很难吧？更多的人，还羡慕我的诗里有那么多的“你”或“她”，还说读我的诗有很多美好的画面和情绪，常问我：“是真的吗？”可我很难一一作答，我常常只能笑而不语。我把这本诗集反复推敲，定名为《你的模样》，让她来概括我对美好一切的追忆、珍惜、追求和向往。

每个人的心灵深处都有自己的心香

一瓣，而我用朴素的语言，用大家读得懂的话语简约地把她表达出来，呈现给读者，不敢说对大家有何感染，但我明白，她至少是正能量的，是我享受这阳光、雨露、鲜花，甚至是大雨、泥泞……的一种心灵反应。在这些诗里，大多能留下我过去十多年人生之中经典的瞬间……喜亦罢，忧亦罢，失望也好，得意亦然……所有这些心绪，全在这诗语中……

遥想当年毕业分配时，自己的选择是奔深圳经济特区而去。那里的蓝天，那里的海水，那里的新鲜思维和窗外的世界，是多么能撩动我的心弦啊。更重要的是深圳那时的蓬勃，那种你追我赶、只争朝夕的向上氛围，那种敢为天下先、开拓创新的闯劲，她深深地吸引了我，让我痴迷，又让我义无反顾。现在反过来，读那个时候的诗集，《飘洒的心雨》和《心灵风景线》，依然还能读出当时的那份掩藏不住的甜蜜。这两本诗集，虽然青涩，但亦清纯。我还在想，或许在将来的某一天，还可挑一些来结集出版《青涩集》。

后来，我也和所有深圳人一样，有过迷惘，有过惆怅，甚至是失落和徘徊，可我依然有诗。在诗的世界里，我憧憬着你的模样。于是我便又有了第三本诗集《让我就这样看你》，把那一段日子里的喜乐悲伤凝集成了诗里的你，向你倾诉。

那是一段虽然平凡、却亦收获颇丰的日子。在那段日子里，工作把我从一个文科生慢慢地变成了一个理工男。命运给了我在平凡之中的意外奖赏。虽然有《遗憾的雨》，亦有《雨的遗憾》，可人生就是这样，守得住自己，就守得住明天。

大约在六年前，我的诗写到了人生的另一段历程，我想起了我的老师说的话：理想是一盏明灯，它会照亮我们的前路。我结集出版了第四本诗集《新晴》。将诗集命名为《新晴》，是因为“新晴青苔后，倾家事南亩”，检讨正是年壮的自己，仍当努力奋斗，不应躲在安逸的世界里被动地守望。于是我选择来到了广州，来到了一个我上大学的地方。当我负笈而行时，亲朋好友都劝我，这样孤独上路，值吗？别去了。而我的回答是：珠江在，母校在，我就不寂寞。是的，广州是我出发去深圳的地方，在红棉花发的季节，多少曾经的梦想在蓝天下盛开啊！我感恩组织、感恩命运，大度地给了我这样的机会和选择，让我这辈子能在广州、深圳这两个伟大的城市中学习、工作和生活！

五年多来，我在用近乎重生的热情和干劲去工作、去生活、去点燃激情诗化人生。按理说，年龄越大，心绪越不易激荡，诗会减少，可生活和工作给了我太多真实的感动，诗的风帆乘风起航……着实，我们已经幸运地迎来了一个更加伟大而美好的时代！

这本书的出版，要感谢的人很多。我的老师、中山大学中文系教授、博导黄天骥先生曾给我的第三本个人诗集《让我就这样看你》作序，对我的诗歌创作不吝赐教，今又写来词一阕，为我的新诗集温暖鼓劲。中共中央委员、中国侨联主席林军先生欣然为拙著题写书名，中国侨联副主席、广东省侨联主席王荣宝女士为本书挥毫增色。中国文化艺术研究中心陈志雄主席等海内外侨界众多书画名家也热情拨墨。我国著名文艺批评家、广东省文艺批评家协会原主席黄树森老师倾心倾情为我的诗歌创作热心指导。我的大学同班同学、南方日报出版社副社长谭庭浩先生为本书作序……

确实，你曾经就在我的诗里，在我的世界里，你亦一直在我的追逐中，在我抬头向往的地方，仿如今晨这轮红日，以满满的美好和鲜花般的芬芳引领我的目光和步伐，向前，永向前……

程学源

2015年9月16日 广州